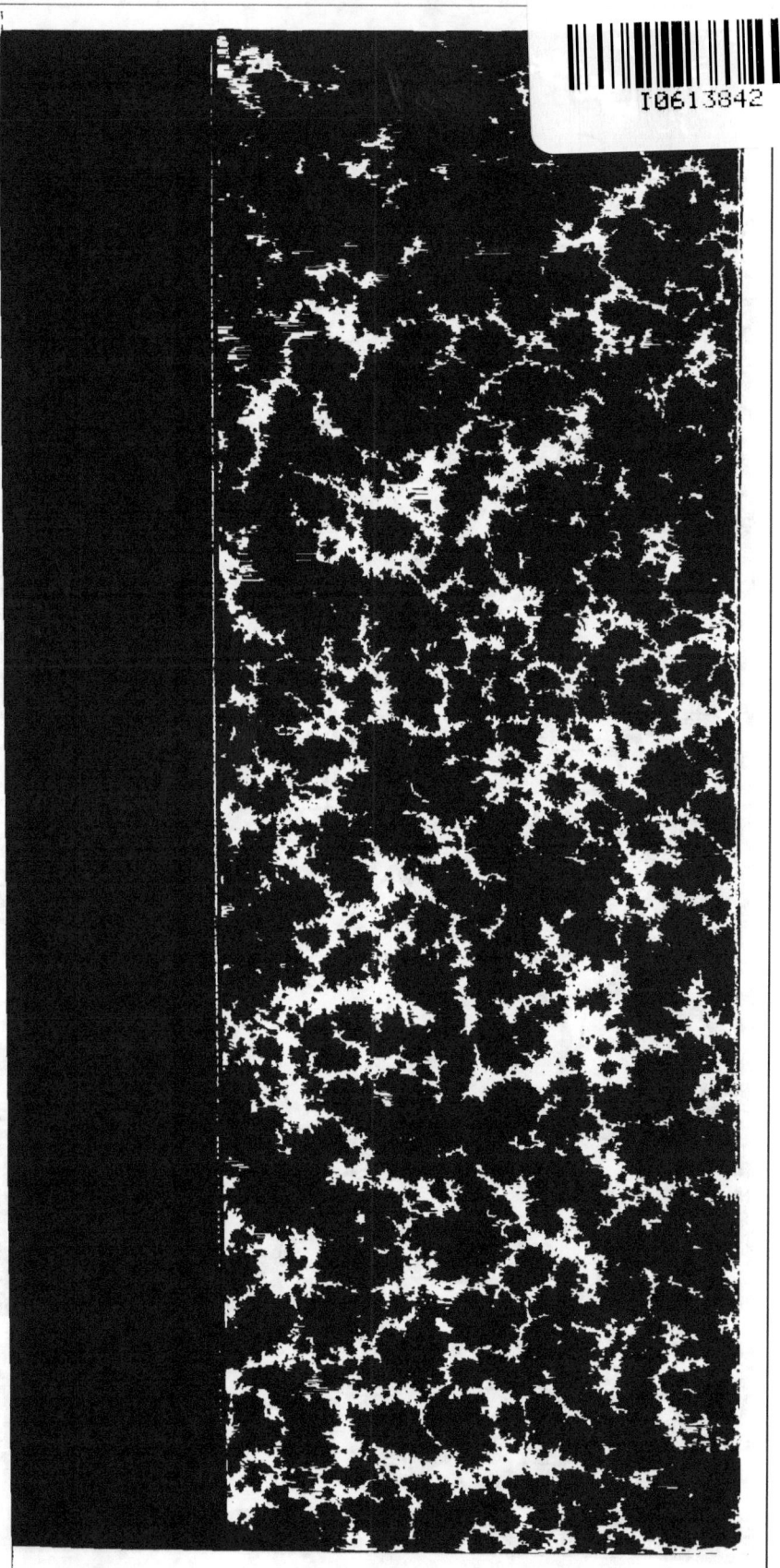

A.-P. de Lannoy

Les Plaisirs

et la Vie

de Paris

Guide du Flaneur

1900

PARIS

RAIRIE L. BOREL

Quai Malaquais, 21

Les Plaisirs et la Vie de Paris

A.-P. DE LANNOY

Les Plaisirs
et la Vie
de Paris

(Guide du Flaneur)

Préface de Georges Montorgueil

PARIS

LIBRAIRIE L. BOREL

21, quai Malaquais, 21

1900

Les Plaisirs et la Vie de Paris

PRÉFACE

Des esprits chagrins rougissent à l'idée
que Paris séduit par les plaisirs qu'il donne.
Ils le voudraient austère et renfrogné. Ils
fulminent contre sa joie, sa belle humeur,
sa fantaisie et cette nasarde à l'hypocrisie
qui est dans sa façon de moins cacher ses
vices que de les mettre en façade. Ce sont
les esprits chagrins qui ont tort, c'est Paris
qui a raison. Ce qui me conquiert, en votre
précieux livre, cicerone juvénile et ren-

seigné, guide enthousiaste, c'est que vous
le démontrez à qui se hasarde, en votre
compagnie, sur les pas de vos devanciers,
en cette matière. Il persuade que Paris est
dans la logique de sa destinée et que toute
orientation nouvelle serait pour sa re-
nommée, un désastre. Ceux-là même qui lui
reprochent son tour vif, spirituel et léger, la
belle franchise de ses audaces galantes, sont,
par ce tour et ces audaces, captivés. Ces étrangers à Paris qui font mine de bouder au festin
des voluptés qu'il permet, n'y accoureraient
point sans leur attirance. Tel pharisien qui
se choque, en paroles, des tableaux de
Paris que votre plume a su tracer avec une
exactitude si décente, sous le voile de l'in-
cognito, y a sa place — et vous, malicieux,
l'y avez vue. Vous avez vu de quels doigts
fiévreux dénouent la ceinture dorée tant de
ceux qui la dénoncent.

Gardons-nous d'amoindrir cette réputation
dont médisent ceux qui la jalousent. Elle
est notre fortune. Elle nous fait l'auberge
du monde. Au premier prétexte, il y accourt,
tout guilleret, ravi de sortir de brassière et
de s'affranchir de la pédanterie de sa cité ou de
la censure de sa petite ville. Il ne redoute pas
d'avoir à se scandaliser un peu, et plus souvent s'en retourne sans s'être scandalisé
assez. Combien de ces visiteurs ressemblent

à ces hautes dames, dont parle Brantôme, à
qui l'on disait, pour qu'elles s'en gardent,
que la soldatesque mettait les femmes à
mal : « Ah ! répondaient-elles, et où viole-
t-on ? » Ne serait-ce point cette espérance
d'y être violés dans les règles étouffantes
des principes étroits, dans le decorum qui,
chez eux, les guinde et les étrangle, que
tant de nos hôtes, pareils aux femmes de
Brantôme, nous visitent ? « Où serons-nous
violés ? » est la question qu'ils se font au
débotté dans la ville impure. Et ils ajou-
tent : « Pourvu qu'on nous viole ! »

Le plaisir s'entend de bien des sortes.
Paris n'en donne point qu'aux coureurs de
frivolités ; il en a aussi d'immenses et de
délicats, pour les artistes, les penseurs et les
philosophes. Le limiter à ses boulevards où
l'amour tient ses états, c'est le méconnaitre.
Il n'oppose pas de frontière à la curiosité
de ses visiteurs. Il leur est loisible de s'arracher aux sourires des jolies filles. Ce qui fait
l'attrait unique au monde de cette capitale,
c'est que l'écrin de ses richesses est à l'in-
fini varié, et que si l'on sait s'arracher au
prestige de ses théâtres, de ses restaurants,
de ses casinos, de tout ce qui brille et de
tout ce qui tapage, aux feux de lustres,
l'esprit rafraichi se peut reposer dans le
pittoresque des vieilles rues, l'activité

ordonnée des centres du négoce, la puissante
impression des faubourgs tout brumeux
d'industrie. Ces réflexions viennent à la
pensée, à la lecture de ce livre charmant, si
neuf en sa formule primesautière, et tout à
la joie. Pas un détail qui, avec un tel guide,
reste dans l'ombre. On l'écoute ; on va, on
va, sans fatigue, ravi, goûtant la sensation
d'avoir déambulé dans l'ombre d'un Delvau
qu'un Scholl aurait stylé.

GEORGES MONTORGUEIL.

I

Paris-Promenades

I

PARIS - PROMENADES

Quatre heures ! Les *Champs-Élysées* s'ani-
ment. Les enfants font des pâtés, les nour-
rices entreprennent les longues conversations
dont le sujet, toujours renouvelé, consiste à
dire du mal des maîtres ; le passant fait halte
devant les affiches de l'Alcazar et du Jardin
de Paris ; Yvette Guilbert, de sa lithographie,
sourit sardoniquement aux Parisiens ; les
amants se retrouvent et se pressent timide-
ment la main. Une griserie enveloppe tous

les êtres : les chevaux de bois emportent, dans un frénétique galop, les bébés apeurés, et Guignol, dans sa niche de bois, cogne à bras redoublés sur la tête du commissaire. Les éclats de rire de la jeunesse sont plus stridents ; les gentlemen, qui vont au rendez-vous, marchent d'un pas plus allègre. C'est la vie de Paris qui commence.

Camille trottine au bras de son ami, qui lui conte des fredaines : « Veux-tu te taire ! C'est très mal ce que tu dis là ! Si j'en faisais autant ! — Ce qui est permis aux hommes ne saurait être toléré des femmes. — Voilà bien votre morale à vous, polissons ! » L'ami voudrait bien clore la bouche à Camille d'un baiser, mais que dirait la foule ! En longues théories, elle s'échappe de l'Exposition, se bousculant : « Prenez donc garde, madame, vous allez vous faire écraser ! » — « Une voiture, bourgeois ? » — « Pouvez pas faire attention ? Crétin ! » — « Hector ! (Le monsieur en calèche a reconnu l'ami juché sur un motocycle) ; A la Cascade ! — Entendu ! »

« Cocher, à la place du Trône ! — Impossible, je suis retenu. *(A part :)* Si tu crois que je vais aller claquer ma bête pour avoir cinq sous de pourboire ! »

Les marronniers sont habillés de velours vert, une gerbe bienfaisante inonde les pelouses, les restaurants ont un petit air riant et prometteur. Quels sont ces conspirateurs qui se causent tout bas, au coin du carré Marigny ? Encore un complot ! Viseraient-ils par hasard d'assassiner le Président ! Allons, messieurs de la Haute-Cour, l'heure approche de sauver l'État ! Mais non, ce sont des conspirateurs à l'eau de rose. Ils ont été prendre des leçons chez Mme Lange, la camarade de la fille Angot. Ils ont pourtant l'air très préoccupés. Quoi ! remanieraient-ils la carte du monde ?

« Passe-moi l'Afghanistan, je te céderai le Mozambique ; combien le Transvaal ? — Soixante-quinze centimes. » Je les reconnais : ce sont les marchands de la bourse aux timbres-poste.

Tout ce coin de Paris remue, il vit d'affaires ; peu lui chaut les grands arbres qui frémissent harmonieusement, le soleil qui se rie dans la verdure et strie le sol gris de ses grandes raies blanches, et les moineaux audacieux qui picorent !

« Il est bien tard pour aller au Bois, ma chérie ! Nous manquerions l'ouverture de la *Dame Blanche !* Allons aux *Gaufres !* » Sous la mousseline de sucre, dorées, appétissantes, faisant ressortir l'écrin de perles blanches qui les mord, les gaufres ont des senteurs de caprices, des parfums de volupté. On se

parle, au célèbre café, les yeux dans les yeux,
le cœur contre le cœur. Une gaufre a souvent décidé que Monsieur porterait une
corne. Le madère accompagnateur lui en
octroie deux. « Toutes chaudes, toutes
chaudes ! »

Mais, le plaisir
de se sentir près
d'une poitrine qui
palpite, dans le
fiacre qui cahote,
entraîne le Pari-
sien au *Bois de
Boulogne*. L'Arc de
Triomphe n'im-
pose pas au cita-
din et l'avenue des
Champs-Élysées a
vu se conclure
bien des trahi-
sons. « Que l'on est bien, ainsi, près
de vous ! Ah ! si vous étiez sensible
à mon amour ! — Pardon, mais il
me semble que ces rideaux sont bien
tirés ! — Pour empêcher que l'air frais de
la soirée ne vous enrhume ! — Mon Dieu,
nous allons accrocher ! — Pas de danger,
les automédons savent conduire ! » Vous-
même dirigez votre char avec tant d'adresse.
que votre compagne vous trouve adorable.

Au *Jardin d'Acclimatation* : « Dis donc, papa, si je suis sage, tu me mèneras sur l'éléphant ? — Et ta sœur sur le dromadaire. — Oh ! non, papa, j'aime pas le dromadaire,

ça donne le mal de mer. — Eh bien, tu iras sur un poney. Tu paraderas, jolie haquenée, comme les amazones de l'allée des Poteaux, drapée dans une exquise robe de *Redfern !* »

La longue file d'un équipage de noce encombre la route des lacs. En attendant de

....

faire plus ample connaissance avec son
mari, la mariée va cascader. En tout bien,
tout honneur! Le commandant en retraite
qui conduit l'immense dame, qu'on appelle
« ma tante », est furieux. Il a perdu son
chapeau. Le marié s'amuse follement, sans
songer qu'il vient de faire la plus grosse
boulette de sa vie!

« Oh! ma chère, as-tu vu Rose? dit la
comtesse altière, enfoncée dans sa calèche
armoriée. — Qui, Rose? — La maîtresse
de mon mari, l'étoile des Folies Bout-de-
bois! En fait-elle des manières, as-tu vu sa
victoria? Quelles couleurs! — Et ça coûte
cher à ton mari? — Cinq cents louis par
mois. » Ces dames vont retrouver leur amant,
ce freluquet de Verteville et cet imbécile
de Vaujours, qui passent leurs après-midi à
écraser des gens dans l'avenue des Acacias.
Un clubman élégant promène son domestique, impassible; Mme la doctoresse prend
l'air dans son coupé; un gros cigare à la
bouche, le bookmaker vaniteux croise dédai-
gneusement le fiacre de l'employé qui vient
de perdre aux courses son traitement d'un
mois.

« A la Cascade! » L'eau y chante, les
noces y boivent, les amants y roucoulent.
« Garçon, un lait! » C'est un clubman
dyspeptique, retour de Vichy. La mariée,

pour se mettre en train, accepte une absinthe.
Sa maman, ancienne marchande sur le car-
reau du Temple, a cultivé, dès son jeune
âge, ses prédispositions pour l'attirant liquide.
« Vous m'attendrez dans la seconde allée, à
droite ! — Bien, monsieur le marquis ! —
Un quinquina. — Sale journée, aujour-
d'hui, tous les favoris claqués ! — Plains-toi
donc ! Je perds trente louis ! »

Plus sévère est le *Pavillon Chinois;* le
monsieur décoré y lit *le Temps;* le banquier
feuillette *la Liberté.* Des tziganes râclent des
mélodies.

Là-bas, au *Chalet du Cycle,* ici à *Armenon-
ville,* la cocotte repose ses jambes en fredon-
nant :

> N'est-c' pas un rêve, un délice
> D' rouler avec son amant ?
>   Emballons !
>   Pédalons
>   C'est vraiment
>   Amusant !
> Faut avoir beaucoup d'jarret,
> Conduir' comme Montjarret.
> On rencontr' des vieux messieurs,
>   Qui sont peu sérieux,
>   J'en ai le frisson ;
> Je n'sais pas toujours c'qu'ils m' font !

Toute cette foule bigarrée, de goûts, de
modes, d'esprit divers, défilera de cinq à

sept dans l'avenue du Bois. Mme Cardinal,
à qui sa fille, bien entretenue par un vicomte
pur sang, fait une coquette pension, a installé
son pliant. M. Prud'homme, ancien épicier,
cinquante ans dans la moutarde, retiré, assis
sur une chaise, vient se donner un vernis
que la vente des haricots secs et des cornichons lui refusa. On
paie quatre sous vo-
lontiers pour aperce-
voir la duchesse Une-
telle ou Mlle Z...,
la première dan-
seuse de l'Opéra;
qui trône dans
un fringant équi-
page. Le « petit
sucrier » cause avec la
jolie L..., dont la main
fine et experte dirige l'atte-
lage. « Achille, as-tu vu le cab de Sarah ? »
Achille n'a rien vu, trop occupé à lorgner le
coupé discret de la princesse W..., une Russe
superbe ! La trompette de Jéricho distille
ses sons pleurards, à la grande joie des
anglaises du *mail-coach*. Les cyclistes évoluent
à travers les roues. Coup d'œil inoubliable,
dont Hyde-Park n'a jamais pu fournir un
exemple, pas plus que le Prater ou la
Perspective-Newsky !

Saint Louis avait choisi les chênes du
Bois de Vincennes pour y enseigner et rendre
la justice, à l'ombre de ses feuillages. Aujour-

d'hui, les escarpes occupent en maîtres la
forêt historique. Ils font d'ailleurs bon
ménage avec l'ouvrier du faubourg, hôte
habituel de ces parages. En semaine, y gré-
sille le bruit de la fusillade : « Deuxième

section!... Joue... Feu!... Les hausses à six cents mètres! » Vincennes est un vaste polygone. Le dimanche, Vincennes est un Robinson, moins gai, moins bruyant peut-être, à coup sûr moins élégant. Le Parisien de Belleville ou de Ménilmontant y mange avec délices un saucisson à l'ail, assaisonné de gaieté, tandis que les enfants balancent leur jeunesse sur une escarpolette impro-visée. Le lundi matin, le bois de Vincennes est un tapis graisseux qui ferait honneur aux salons d'un estaminet, après quelque enivrant festin. Amours de barrière, vous y fleurissez! En attendant les jardins de Fresnes, le gibier du Palais chasse dans ses tirés de Vincennes.

Coquet comme les rives de Seine, devers Rouen et Caudebec, avec ses falaises, ses îles et la nappe verte de ses lacs, le parc des *Buttes-Chaumont* abrite les amants de la Villette et les désespoirs de Belleville. On se suicide dignement de ce pont suspendu, les yeux fixés sur le temple de Vesta, qui culmine. Pauvres filles de banlieue, votre amant vous a lâchées, comme les autres! Vous regrettez de trop avoir attisé le feu, comme les Vestales. Et vous venez faire le grand plongeon à deux pas du sanctuaire de la déesse! C'est une bonne pensée! Vous permettrez ainsi aux guides

de *Cook and C°* de composer un boniment copieux à l'usage des clients britan-
niques. Voyez-vous à quoi l'on s'expose,
couple imprudent qui épelez le cathé-
chisme d'amour, sous les stalactites de la
grotte !

« Je vois au ciel une étoile », dit Mireille.
Les astronomes de *Montsouris* regardent, eux,
comme ceux de La Fontaine, à leurs propres
pieds. Ils comptent des gouttes d'eau ; leurs
affections vont aux girouettes. A titre
d'anciens officiers de marine, ils habitent
dans un palais tunisien. Leurs houris se
promènent dans les jardins et donnent à
manger aux canards. Pour les réveiller, ils
ont le bruit des sources, et comme le seïsmo-
graphe pourrait se rouiller, les tremblements
de terre se faisant rares à Paris, des loco-
motives du chemin de fer de ceinture font
vibrer le sol.

Je préfère rêver sous les ombrages d'Orient
du *Parc Monceau*. J'y sens danser autour de
moi, en menuets infinis, les belles invitées
poudrées de Philippe d'Orléans. La flore de
Nice me monte au cerveau de tout l'effluve
de ses parfums, et je suis Desdémone sur le
pont du Rialto.

L'âme de Pindare me dicte des vers aux
bords de la naumachie. Des lierres dessinent
des festons sur le miroir fragile, et l'éternelle

femme s'y regarde, me rappelant l'Ève de Milton :

> Clair et tranquille
> Miroir fragile,
> Ciel tu parais
> Frais rivulet.

> Je retourne séduite,
> Il apparaît de suite,
> Dès que je prends la fuite,
> Il s'échappe à ma suite ;
> De doux regards d'amour
> il m'adresse toujours.

La baguette d'une fée a endormi sous la futaie celui qui repose dans le froid du tombeau, et a jeté des fleurs sous les pas  des promeneurs pour ne jamais troubler son sommeil !

Vous souvient-il de la scène si pittoresque d'Octave Feuillet ?

« — C'est lui. Le voilà !

— Pourvu qu'il parte !

— Soyez tranquille, la journée est magnifique. Il partira.

— Il me semble qu'il est en retard !

— Comment voulez-vous qu'il soit en retard, puisque c'est le soleil qui le fait partir ?

— C'est juste ! Il faut donc que ce soit ma montre. C'est très désagréable.

— Il me semble qu'il fume !

— Attention, il va partir ! »

Il ne partait pas plus il y a un demi-siècle que de nos jours. Qui ? Le canon du *Palais-Royal*. Ce Palais-Royal, fini ! Son jet d'eau marche mal, son commerce se refroidit, la galerie d'Orléans est glaciale, quoiqu'on y ait établi l'Office colonial. Seuls les néo-décorés vont y acheter des croix. Ils admirent leurs boutonnières fleuries de la veille dans le reflet des glaces. Ils en ont tout le loisir. Le Palais-Royal est un désert. Ombre de Camille Desmoulins, voile-toi la face !

Ce quartier de Paris s'embrume chaque jour davantage. Avec les galas impériaux, les *Tuileries* ont perdu leur prestige. Pourtant leur histoire incarne les plus belles illusions de notre pensée française ! L'Assemblée législative de 1791 tint ses assises à l'ombre de ces feuillages ! L'empereur Napoléon III foula ces parterres. L'Être Suprême, aussi grossière mascarade que la bonne Déesse de pierre de la République romaine, fut fêté dans les jardins de Le Nôtre.

Bonnes, au capiteux bonnet, enrubanné
de satin, qui promenez sur la terrasse les
bambins roses; vénérables vieillards qui
venez y lire *le Moniteur universel,* avez-vous
jamais songé que les premières pommes de
terre *officielles* fécondèrent dans le sol de ces
allées?

Poètes, qui rêvassez sous l'œil de marbre
du valeureux Énée, qui de vous chantera le
Rhône majestueux qui vous regarde?

On *pose des lapins* à l'endroit même où
Henri IV entretenait sa garenne. Gymnastes,
qui fêtez vos cinquantenaires sous les marronniers, puisez de nobles sentiments dans
le souvenir de ces héros dont la statuaire
orna les jardins : Lucrèce, l'inviolable vierge,
Spartacus, le premier anarchiste, et Thésée,
et Thémistocle, et le soldat de Marathon vous
attendent! Mais vos regards ne s'adressent
qu'à l'Hamadryade et à la Nymphe au Car-
quois. *Quantum mutata tempora !*

L'*Hiver* plane sur les Tuileries.

La rose

De l'amour
Divine messagère,

s'épanouit au *Luxembourg.* Mais la rose ne
va pas sans épines. Demandez à l'étudiant
volage qui flirte sur la terrasse. Demandez,
il est vrai, aux sénateurs du Palais du Luxem-

bourg si Lépine n'a pas du bon ! Théodore
de Banville compose des sonnets de bronze,
en sa toge de marbre. Les reines de France,
en bonnes mères de famille, surveillent les
babys et les enfants qui apprennent que les
petits bateaux n'ont pas de « jambes » !

Les demoiselles du Quartier latin étudient
l'art des caresses avec Léda, dont le cygne se
baigne dans la fontaine de Médicis, et le
paysan s'extasie devant les pépinières, à
moins qu'il ne soit Marseillais et n'ait des
vergers « aussi longs que le Rhône, bagasse,
aussi larges que l'étang de Berre, dont les
fruits tombent par millions au souffle du
mistral, troun de l'air ! »

Les chansons de Paulus ont-elles grisé
vos jeunes années, vous trouvez-vous des
velléités de faire la connaissance d'une
aimable modiste, un rayon spécial d'articles
d'exportation fait de la *Rue de la Paix* le
rendez-vous de toutes les convoitises. Vous
en serez quitte pour lui offrir un de ces
bijoux étincelants, un de ces jupons brodés
de valenciennes, qui miroitent au soleil.

C'est plus cher, mais d'un abord plus
facile peut-être que cette ouvrière qui tra-
verse le pont. La Seine roule ses eaux
sombres à ses pieds. Elle s'arrête, songeuse,
à l'écouter. « Dis-moi, chère rivière, ne
seras-tu pas mon linceul ? » Brrou !!! Les

rouges verres des becs de gaz lui donnent des
teintes de sang. Les quais sont assoupis. On
n'entend plus soupirer les grues à vapeur;
l'*Hirondelle* glisse en silence sur le fleuve.
L'Exposition flamboie; les pontons craquent.
Et l'eau coule toujours, et l'ouvrière passe,
ébauchant un triste sourire!

Déjà, sous les ponts, les miséreux dressent
leur couchette : un pavé pour oreiller — le
pavé de l'ours, — pour manteau, la fraîcheur
des nuits, pour ciel de lit, les étoiles. Mais
on dort si bien, bercé par le flot. Pourvu
que M. le Commissaire ne vienne pas troubler les beaux rêves! « Ah! si j'étais Président de la République! Pourquoi pas? Un
tanneur l'a bien été! »

II

Paris-Apéritif

11

PARIS-APÉRITIF

Apéritif, un mot qui résonne dans tous
les cerveaux, comme l'alerte carillon du
repos, un mot qui flamboie sur tous les
murs, persuasif, insinuant, s'étalant à la
vitre des débits, aux colonnades des kiosques
de voitures, déployant ses alliciants appâts
le long des constructions neuves, affiches
multicolores se succédant sans répit, vantant
les qualités du quinquina X, du nectar W,
du vermouth K, ou de l'absinthe Z, « inof-

fensive et supérieure à tous les autres produits de la concurrence ». L'esprit des fai-
seurs de réclame s'est donné libre champ;
il semble même qu'il manquerait au Parisien
un je ne sais quoi de ses habitudes si
disparaissaient des murailles les tradition-
nelles annonces par l'image. Il fut une année
où Paris tout entier se vit bariolé d'immenses affiches, dont le succès fut considé-
rable. Un ancien président, de la République
s'il vous plait, étalait le luxe de ses guétres
immaculées, plastronnait à plaisir, et humait
le délicieux breuvage. Qui ne se souvient
de telle autre marque, empruntant son cachet
d'élégance à l'un des artistes les plus aimés
du Théâtre-Français. Tel autre fait revivre
l'antique Moyen Age et le gentil page offrant
la manne à la damoiselle altérée. L'imagination des Pal, des Chéret, des Grey, des
Mucha a illustré l'histoire de l'apéritif, et,
si pernicieuse que puisse être la boisson, il
lui faut être indulgent, pour le plaisir des
yeux qui nous est donné.

L'apéritif, c'est le rendez-vous des affaires,
des amours; c'est une grande partie de la
vie de ce Paris, si étrange et si animé.

Mais c'est aux Grands Boulevards que
Paris se concentre.

Les clubmen ont quitté les ombreuses
avenues du Bois ou les séduisantes allées

des Champs-Élysées; les employés ont fui
le bureau où l'on a peine à respirer. Les
frimas chassent les consommateurs à l'intérieur. Dans l'atmosphère surchauffée, parmi
les nuages de fumée, les uns jouent aux
cartes, les autres traitent leurs affaires. On ne
s'imagine pas l'activité, l'importance de ce
commerce d'une heure. Les plus grosses
entreprises prennent naissance, se dévelop-
pent, se décident entre un amer et une
absinthe. Courtiers et flâneurs ont, en effet,
le gosier sec, et les soucoupes s'amassent à
l'angle des tables.

L'été a-t-il fait poindre des calices dans la
gerbe des feuilles vertes, le coup d'œil
devient charmant. Il semble que les terrasses veulent le disputer aux parterres de
fleurs. Ce ne sont que toilettes fraîches et
seyantes. Le bruit se fait moins continu.
Seuls, les garçons de café jettent leurs laco-
niques appels, ou le gérant son habituel :
« *Voyez, terrasse!* » Les consommateurs sont
moins loquaces, et échangent à mi-voix
leurs amoureuses confidences ou leurs pro-
positions, toujours avantageuses. L'attention
générale se fixe sur le boulevard. On vient
à la terrasse d'un café, comme on irait aux
courses, pour voir vivre la rue.

Quelle vie, d'ailleurs! Le Paris-boulevards
est une vie nouvelle, exubérante, artiste jus-

qu'au bout des ongles, avide de spirituels
propos, dévorant à belles dents les nouvelles
de la dernière minute. Ses voies ont l'am-
pleur des avenues américaines; ses cercles
sont riches et prospères, et les fortunes s'y
élèvent ou s'y fondent comme la cire; ses
hôtels sont recherchés par l'aristocratie des deux mondes; ses
magasins, sous leur parure toujours fraîche, sont des palais
en miniature, où chatoient les
étoffes, s'irradient les diamants, où l'art du che-
misier lutte d'élégance
avec l'art du bottier.

Le boulevard, c'est le
sanctuaire de l'esprit de
Paris. Les hommes du
boulevard sont ses hu-
moristes. Les journaux
vivent de l'esprit dépensé devant l'Amer ou
le Pernod. Le pilier de café est souvent
l'inimitable causeur ou le publiciste dont la
France attend, pour le lendemain, la chro-
nique fantaisiste. Scholl ou Courteline,
Donnay ou Lavedan sont des gens du boulevard, et, comme le disait Meilhac, « pour
écrire une bonne pièce de théâtre, il suffit
d'errer à l'aventure sur les Italiens et les
Capucines, d'écouter, de voir et de trans-

crire ». Le monde et ses scandales, l'art,
la politique, la finance, il n'est rien de sacré
pour l'esprit du boulevard. De la Madeleine
au boulevard Sébastopol, c'est la voie triom-
phale, c'est le creuset où puisent le journaliste et l'écrivain de théâtre.

N'est-ce donc pas un spectacle vraiment
curieux que celui de cette foule bigarrée,
de tous milieux, dans laquelle le million-
naire coudoie le petit commis à quatre-
vingt-dix francs par mois? Paris qui flâne
et Paris qui rentre! Le gandin, le monsieur
chic, le *smart,* le monocle vissé sur l'œil,
portant fièrement la tête, bien campé dans
une redingote ou une jaquette sortie de
chez quelque Dusautoy, la taille finement
prise, les souliers semblables à une glace de
Venise, suit les femmes, leur décoche des
œillades incendiaires. Le trottin parisien,
qui sort de l'atelier, et tout à l'heure, d'un
pas alerte, courra vers le logis, muse, heureuse de respirer la liberté. Rien de plus
séduisant que l'ouvrière de Paris, avec son
nez retroussé, qui paraît chercher la pluie,
son corsage de vingt-cinq sous, si simple et
si coquet, qui lui donne des airs de petite
princesse, ses souliers fanés, et, dominant
le personnage, des cheveux ravissants, des
yeux rieurs et malicieux. Aux jours de
pluie, il faut la voir retroussant sa jupe,

avec cette désinvolture chantée par tous les
chansonniers de cafés-concerts.

Le paysan s'aventure peu sur le boulevard, où le ridicule l'anéantirait. L'ouvrier
passe, avide de revoir la marmaille, peut-
être aussi désireux de se soustraire à la
tentation.

Tandis que le Paris qui rentre regagne le
foyer, le Paris du soir s'arrête et marivaude.
Les colonnes Morris sont entourées. On
consulte les affiches des théâtres, on échange
ses impressions, on s'inquiète de l'heure, on
médit des auteurs, on conte des potins de
coulisses.

Les élégants font la causette avec les
bouquetières. L'œil se repose sur ces éventaires où les œillets se marient avec les
roses, où la violette embaume et le muguet
montre ses blancs flocons. Tout Paris connaît
Madame Lion et la bouquetière du *Jockey-
Club,* et les boutonnières se fleurissent pour
le soir, au milieu de déclarations d'amour.
Les kiosques de journaux sont assiégés.
L'employé lit les manchettes des journaux,
sourit devant les illustrés, et c'est un va-et-
vient de gens affairés ou placides qui récla-
ment la feuille de leur choix. Le commerce
des journaux aux boulevards est assez
lucratif. Les tenancières ont même des
aides, et les places sont fort recherchées.

De loin en loin, un kiosque de voitures
étale ses vitraux multicolores. Les antiques
édicules ont cédé le pas à des colonnes nouvelles, d'un aspect engageant, où l'étranger
peut contempler les efforts de la réclame
parisienne.

Sur la chaussée, voitures, coupés, omnibus
et automobiles circulent, menaçant d'écraser
le piéton. La prévoyance de l'édilité parisienne a heureusement doté les boulevards,
depuis quelques années, d'agents spéciaux,
empruntés à la brigade des voitures. L'agent,
muni d'un bâton blanc, arrête la file des
véhicules pour permettre la traversée du
boulevard. Pauvre gardien de la sécurité
publique, a-t-il été assez blagué par les
revuistes de la capitale !

> Quand un cocher pass' dans la rue,
> Au grand galop (c'est renversant),
> Le petit bâton s'redressant
> Bientôt s'agite et se remue,
> Et fait signe à ce bon cocher
> De se dispenser de marcher.

L'une des particularités du boulevard, et
'un de ses attraits, consiste dans la présence
ininterrompue des camelots.

Le marchand de journaux du soir glapit
douloureusement le nom de son canard. Un
consommateur l'appelle ; il bondit, tire un

numéro du stock qu'il apporte, reçoit sa
monnaie et s'enfuit, toujours courant,
bientôt suivi du vendeur des résultats des
courses. Celui-là a son succès quotidien. Il
court, il vole : « Résultat c...plet des
Courss's ! »

Le camelot, dont Max Maurey nous pré-
senta l'ingénieuse figure sur une scène de la
capitale, est un type essentiellement parisien. On les voit, comme des troupes de
sauterelles, s'abattre, à l'heure de l'apéritif,
sur les terrasses du boulevard. Toutes les
inventions subtiles de la bimbeloterie du
Marais défilent : bijoux en toc, chaînes en
carton peint, ballons musicaux renfermés
dans une pipe, cinématographe à main,
publications malheureuses vendues au poids
du papier, petites lampes portatives de fer-
blanc, caricatures animées, tous ces riens
dans lesquels se dépense l'esprit frondeur et
primesautier du fabricant. Le camelot, avec
un à-propos faubourien, laisse s'épandre sa
verve, séduit le client, l'oblige à acheter.
Son boniment a la saveur de ces discours
de charlatans, dont notre vieux poète Rutebeuf nous a conservé la recette. Les arracheurs de gros sous ont remplacé les arracheurs de dents du passé. Il est de ces
camelots fort intelligents, de visées très
hautes, et Paris ne s'est point étonné

d'apprendre que le vendeur Billebois posait
sa candidature aux dernières élections légis-
latives. Il échoua naturellement, mais n'est-ce
pas là un signe des temps?

La marchande de fleurs, qui profite de la
présence d'une dame pour vous imposer sa
marchandise, le ramasseur de bouts de
cigares, les gueux de toutes espèces, si
chers à Richepin, complètent la physio-
nomie des Grands Boulevards, qu'on a pu
appeler à bon droit « le cœur de Paris ».

Devant l'austère et froid monument de la
place de la Madeleine s'ouvre le boulevard
du même nom, riche de magasins, mais
calme comme une avenue de province;
l'animation semble s'être arrêtée à la rue
Caumartin. Le seul café du boulevard
conserve cette allure patriarcale; des tapis
étouffent le bruit des pas; les garçons ont
la mine compassée; les hôtes ordinaires du
lieu sont des membres du Parlement, des
diplomates, et leur maintien sévère, la
sobriété de leurs gestes, les graves lectures
dans lesquelles ils se plongent, tout contribue
à donner à l'établissement cette note mélancolique du boulevard lui-même.

L'Olympia ouvre ses portes à la gaieté, au
coin de la rue Caumartin, et marque la
limite du Paris joyeux. Les boutiques se

multiplient dans leur variété; les cafés resplendissent sous l'or de leurs devantures, et l'*Olympia* fait briller ses verres aux couleurs multiples, à côté d'une maison d'apparence médiocre, aujourd'hui transformée en cercle. Là mourut Riquetti de Mirabeau, l'un des plus grands orateurs de la France. Historique aussi est ce logis qui donne asile à une brasserie élégante, en face même de l'*Olympia,* l'ancien ministère des Affaires étrangères, qui vit le mariage de Joséphine de Beauharnais avec ce jeune général républicain qui devait s'appeler Napoléon le Grand. Il est bon, en prenant son apéritif, de se remémorer ces vieux souvenirs.

Les cafés du boulevard des Capucines, jusqu'à son extrémité à la Chaussée d'Antin, sont qualifiés comme les plus aristocratiques de Paris. Les voitures de maître, en longues théories, attendent les consommateurs qui bavardent. Le *Grand-Café* sert de rez-de-chaussée au *Jockey-Club,* le *Café de la Paix* est la sentinelle avancée du *Grand-Hôtel.*

Une vérandah, à la façon anglaise, forme l'antichambre du *Grand-Hôtel.* Dans leur *rocking-chair,* les étrangers regardent disparaître les apéritifs, et affairés, des grooms aux livrées voyantes vont, viennent, parmi les malles et l'incessant mouvement des

voitures qui pénètrent sous le hall. Le
Grand-Hôtel offre l'impression d'une gare
anglaise.

Plus coquet et plus tranquille, avec ses
filets vert d'eau tranchant sur le mat de ses

boiseries, est le *Café Améri-
cain,* qui, au-delà de la place
de l'Opéra, confine au *Vaudeville.* C'est un nid d'amour
et les couples y rêvent. Ces
cafés des Capucines s'occupent
moins d'affaires que de ten-
dresses. Le demi-monde y
cherche asile, tandis qu'en
face, au *Napolitain,* des artistes,
des écrivains se content leurs
peines, s'empruntent des louis,
se confient leurs projets ou
jouent aux dominos. Le *Napolitain* est un des refuges des
humoristes et a quelque peu
remplacé le *Tortoni,* de célèbre mémoire.
Parfois encore on y aperçoit la silhouette
de Scholl, et toujours on peut y rencontrer
le songeur Courteline.

Le boulevard des Capucines, par la délicatesse de ses japonaiseries, l'harmonie de
ses magasins de tissus, la fraîcheur de ses
chocolateries ou de ses confiseries, est très
couru de la noblesse, et le vieux Parisien

lui-même ne se fait pas faute d'y stationner,
en bon badaud.

Avec le boulevard des Italiens, on pénètre
dans un monde plus mêlé, plus vivant,
moins guindé; les cafés se multiplient,
l'animation croît.

Il est pourtant assez court ce boulevard
des Italiens, de la Chaussée d'Antin à la
rue Drouot. Les cafés élégants d'antan ne
sont plus. Il n'y a que ving-cinq ans, le
boulevard de *Gand* était le rendez-vous de
tout ce qu'on a appelé le *high-life*. Depuis
les raffinés, les merveilleux, les incroyables,
que de fashionables, de
dandys, de cocodès, de
petits crevés, de chiquards,
de gens *smart* ont passé
par là! Mais *Tortoni* a
disparu, *Tortoni*, où se
fondèrent tous les grands
journaux de la capitale,
où l'esprit français se ré-
fugia un demi-siècle du-
rant. La *Maison-Dorée* a
résisté à la poussée du

temps; le jour est prochain où son deuil
arrivera. L'agonie a commencé.

Les cafés populaires, le *Pousset*, par
exemple, les *Nouveautés* triomphent, depuis
que l'élément a changé. Ce ne sont plus les

boutiques princières des Capucines, mais
des magasins plus simples : agences de
théâtres, librairies, comestibles, que sais-je !
Le côté droit du boulevard a maintenu sa
vieille réputation de chic, on ne s'explique
guère pourquoi ; le *Helder,* le *Café Anglais*
sont des débris des traditions défuntes.
Encore faut-il avouer que de nouveaux
venus, de tournure exotique, bars semi-
anglais, aux habitués étrangers, leur font
une âpre concurrence, comme ce *Kaljsaya,*
où se rendent volontiers nos meilleurs
romanciers.

Journalistes, hommes de finance, gentlemen à la mode fréquentent le *Café Cardinal,*
de réputation antique. L'ancienne demeure
de Regnard, par son cachet, ses salles fleuries d'arabesques séduit en effet et attire.

Désormais, jusqu'à la Porte Saint-Denis,
les boulevards Montmartre, Poissonnière et
Bonne-Nouvelle perdent définitivement ce
vernis de noblesse qui caractérise les voies
antérieures.

Les cafés y sont modernes, populaires ;
le théâtre des *Variétés* est le seul rempart
derrière lequel s'abrite le passé du lieu. De
vastes balcons débordent des maisons, sur-
plombant les terrasses des brasseries, dominant les magasins d'orfèvrerie, de dentelles,
d'objets d'art, de chinoiseries ou de maro-

quinerie. Que de cafés, mon Dieu, que de
cafés ! *Zimmer, la Comète, Mazarin, Muller,
les Princes, Jouffroy, Brébant,* des quantités
d'autres, s'entassent, appelant le passant par
la gaieté de leurs devantures, l'attrait de
leurs orchestres. Le *Café des Princes* est
généralement le rendez-vous de charmantes
dames, aux toilettes excentriques, d'accueil
plutôt conciliant, qui vous regardent avec
une muette interrogation. Au printemps,
les corsages fleuris, les rythmes entrainants
de la musique font terrasse pleine.

Les boursiers sont les habitués du *Mazarin*
et des cafés de la partie gauche du boulevard.
Le *Café de Suède* a son public spécial, dû au
voisinage immédiat des *Variétés.* Figures
rasées et poupines, verbe haut, parole
facile : les hôtes du *Suède* sont des artistes.
Les engagements se discutent, s'acceptent,
sur le coup de six heures.

Les boulevards Saint-Denis et Saint-Martin
ne sont que des succursales du *Café de Suède.*
Il est cependant bien curieux à étudier ce
monde des théâtreux et des théâtreuses, école
du cabotinage, où la bonne camaraderie a
pour corollaire le débinage du collègue
arrivé.

Au point de vue social, cette chute des
boulevards, de la Madeleine à la place de
la République, cette tendance à la populas-

serie, en se dirigeant vers les anciennes
barrières, est un des phénomènes les plus
instructifs du développement général des
cités modernes. L'aristocratie peu à peu
perd du terrain et se confine dans un
cercle étroit. La vie du boulevard nous
apporte, à cet égard, le plus précieux des
témoignages.

III

Paris qui dîne

III

PARIS QUI DINE

« Entrecôte pour deux! — Le Pomard
pour Monsieur? — Servez au 6! — Garçon,
un *rostbeaf* bien cuit. »

Consultez la carte d'un restaurant à la
mode, fréquenté par le *high-life*; si votre
gousset n'est pas garni, vous pouvez res-
treindre votre appétit : « Sardine à l'huile,
2 fr. 50; demi-poulet de grain à la mayon-
naise, 25 francs; cailles sur canapé, 8 francs
la pièce; salade russe aux truffes, 10 francs. »

Vraiment, est-ce possible ? Avec un louis ou deux votre estomac sera apaisé. Ne signalez pas votre étonnement au garçon ! Il vous tournera placidement le dos, murmurant : « Encore un de la province. » Le genre est mal porté !

A-t-il de l'esprit, comme feu Bignon, il vous répondra : « Mais, Monsieur, si nos prix n'étaient pas aussi élevés, ils seraient indignes de vous. Nous ne recevons que l'élite, et nous voulons éviter à nos clients le contact du peuple ! » L'argument est sans réplique. A Paris, tout se paie, le cristal et la nappe des Flandres, la cravate impeccable du garçon, le ventre et les bajoues du gérant, le service aux armoiries de la maison et l'entourage des chairs brûlantes, les seins qui pointent à travers le corsage de soirée, les yeux de velours et le monocle du gentleman !

Silvain, *Champeaux*, qu'une explosion malencontreuse mit naguère à l'ordre du jour, *Durand* et *tutti quanti* sont cousus d'or.

Le vol-au-vent *financière* est recherché des clients de *Champeaux*, boursiers heureux qui dépensent sans compter l'argent des autres.

L'image du duc d'Orléans figure au fronton de *Durand*. M. Limbourg y brûle

des cierges au prétendant, entre un potage
velouté et un perdreau sauce tartare. Mme la
vicomtesse de Z... donne des coups de canif
dans le contrat conjugal dans les salons de
la *Maison-Dorée*.

Le littérateur, dont l'éditeur a payé au
poids de l'or le roman, l'auteur dramatique désireux d'offrir un dîner luxueux à
sa superbe créatrice, le *rasta,* qui, comme
Azor, fait le beau, dînent au *Café anglais*.
« Garçon, donnez-moi donc un Chambertin
de derrière les fagots. » Une misère ! Trois
louis la bouteille ! Môsieu le chef de divi-
sion un Tel, qui a usé son arrière-train
sur la molesquine officielle, et qui veut
faire une politesse à son collègue du ministère, l'invitera chez *Voisin*. Je ne désire pas
que vous vous battiez en duel, mais, après
avoir échangé deux balles sans résultat,
pour cimenter votre réconciliation, truffez-
vous chez *Voisin*.

Le café-restaurant de *la Paix* est l'antichambre de l'amour évaporé. Chez *Paillard,*
on va pour faire des paillardises. Les frais
ombrages des Champs-Élysées retentissent,
l'été, des cris joyeux et des éclats de rire
sonores, issus de chez *Ledoyen*.

Les secrétaires généraux des théâtres
parisiens oublient la petite cabotine aux
yeux barbouillés de kohl devant un menu

4

de Widhorpff, chez *Peters*. Le passage des
Princes, comme celui des Panoramas, le
dispute sérieusement aux bureaux d'omnibus.

Ce monsieur, qui paraît étudier avec
soin les veines d'un cristal de Bohême,
attend l'ingénue qui prend des leçons de
maintien avec lui, en cabinet particulier.
La coquette, absorbée par l'atelier du marchand de pipes, rumine en son cerveau

quels mets épicés l'aideront à confier sa
vertu au galant qu'elle a mandé.

Le triomphe du restaurant cher, c'est le
cabinet particulier, où l'on mange sur les
lèvres de sa compagne, on y boit dans le
même verre, pour pénétrer sa pensée. Les
vins vieux, les plats préparés par un maître
queux des plus experts, la
nervosité de votre amie vous
mettent des fourmis dans les
jambes. Vous prenez votre
camarade à la taille ; elle
ferme les yeux et se débat
faiblement... Pan ! Mala-
droitement vous avez sonné.
« Monsieur désire...? » Vous
n'avez pas entendu ! Le garçon se retire discrètement.
La glace va bientôt être

rompue, glissons, mortels, n'appuyons pas !

Et les restaurants, donc !

Vous voulez dîner avec votre femme.
Vous prônez *Nolla*. Vous y avez déjeuné
ou dîné lors d'un banquet littéraire. Votre
femme pencherait plutôt pour le Palais-
Royal, les *Véfour*, les *Escoffier, les Corazza*.
Vous vous impatientez.

Pourquoi pas aller à la gare Montparnasse, chez *Lavenue !*

Chef de bureau au ministère des Affaires

extérieures, décoré pour ramollissement de
la moelle épinière, vous ne pouvez pourtant
pas vous compromettre dans un restaurant
où vont des cocottes : le *Riche,* le *Poussel !*
« Il ne manquerait plus que cela, vous
regarderiez toutes les femmes ! » Le *Brébant ?* Trop près du carrefour des écrasés.

Vous vous décidez, après mille pérégri-
nations, pour *Marguery.* Vous avez bien pris
toutes vos précautions. Vous demanderez
un plat pour deux, les portions étant très
copieuses. Le mari, désireux d'être galant
et de plaire à sa femme, commande les
vins fameux, tout poussiéreux et cendrés,
la sole normande dont la délicatesse a la
fluidité des lamproies d'Apicius, et tout le
défilé de Balthazar, des plats de derrière
la cheminée dont se réjouirait le goût blasé
de Brillat-Savarin.

Votre cerbère a reconquis sa bonne
humeur. Vous mangez silencieusement.
Voilà une noce qui arrive. Elle a été se
promener au bois. La mariée est toute rose.
Le garçon d'honneur est des plus familiers
avec sa demoiselle ; le marié en a assez. Un
invité, qui a consommé pas mal d'apéritifs,
histoire de s'ouvrir l'appétit, trouve l'escalier
trop étroit !

Votre femme a daigné sourire.

Le Palais-Royal, les boulevards sont

occupés par les restaurants à prix fixe. On
va manger une bonne sole frite chez *Scossa*.
Le nougat de *Tissot* est renommé !

Deux plats, hors-d'œuvre et desserts suf-
fisent à un Parisien. Il ne faut pas se charger
les intestins si l'on veut souper !

Il est huit heures, le rideau se lèvera
dans vingt minutes sur les pleurs de *Mignon*
ou les flonflons de *Varney*.

Nécessairement, il convient que vous
repoussiez les deux amers, l'absinthe et le
quinquina, de l'apéritif.

« Garçon, un demi, un jambon... avec beaucoup de cornichons. Et pressé ! » La brasserie
offre ce frugal repas, dont Caton eut fait cas.

« Ah ! capitaine ! le poisson de Paris
n'est pas frais ! On vous sert du cabillaud en
guise de turbot ; la chenille de mer devient
une savoureuse truite ! Vous blasphémez.
Avez-vous jamais mangé une sole aux
champignons ? — Quand tu auras filé
autant de brasses que moi, mon petit ! —
Venez donc avec moi faire un tour rue de
Vauvilliers. — Hein, patron ! Ça vous la
coupe, comme dit Mme Sans-Gêne ! —
Nom d'un bastingage, tu as raison, je
reviendrai à la *Sole Normande,* avec mon
dragon. — Empruntez plutôt celui d'un
autre, et vous l'inviterez au *Bœuf à la mode*
ou au *Filet de Sole*. »

« Voici les tripes de Monsieur! » Cette
légende de Grévin, spirituel pendant des
« pieds de cochon de Madame », n'est pas
un mythe. Les meilleures tripes à la mode
de Caen se font chez *Jouanne*.

Un jour, que j'en mangeais, en Calvados,
d'exécrables, le patron, pour m'apaiser,
m'avoua qu'elles ne venaient pas de Paris.
Articles de la capitale manufacturés à
Nuremberg, saucisson de Lyon portant le
timbre de Genève, jambons de Mayence
fumés à Bayonne, dragées de Verdun sucrées
dans le Marais, où êtes-vous ?

La verve d'un Antony Mars, l'alerte
musiquette de Victor Roger ont auréolé la
bonne de chez *Duval* de la gloire des tréteaux. Vive, sous sa coiffe fine, mignonne
dans son tablier blanc, dont la bavette
éclaire la robe sombre, elle sert avec un
sourire le miroton à trente-cinq centimes
du petit employé, le veau garni à soixante
du rentier, la côte première du négociant.
« Deux sous de pain! — Un demi-siphon,
mademoiselle! — Un gâteau de riz, un! »
On l'appelle, et trottinant, elle va, portant
les portions, cachant les tristesses de son
cœur sous le sourire de ses lèvres; elle a
l'air si sage que le client n'ose hasarder une
proposition grivoise. Le vieux monsieur
cache son nez dans son journal, l'ouvrière,

la première de magasin, montre ses que-
nottes de souris. Nous sommes dans un
atelier, où les mâchoires sont des machines,
où l'on vient pour travailler, non pour
s'amuser. Le gros commis-voyageur, qui
lutine les bonnes des hôtels de province,
semble assagi. Il n'y a que les vaudevillistes
pour décorer la bonne des *Duval* des palmes
de l'impudicité.

*At what o'clock your dinner ? — Half past
six, sir ! — Very well !*

L'*interpreter* fonctionne à la porte de la
table d'hôte, rendez-vous cosmopolite des
gens réglés, la campagne dans Paris, Londres
sur les bords de la Seine.

Il y est inconvenant d'y manger les
pommes de terre avec ses doigts sans
encourir les regards courroucés d'une
milady !

Quand on boit, il ne faut pas faire
claquer sa langue !

Après le repas, l'éducation apprend qu'il
est d'usage de saluer.

Le Paris de la routine reste fidèle à son
passé !

Moins fidèle toutefois vis-à-vis des glo-
rieuses pensions bourgeoises de la rue
Copeau et du quartier Croulebarbe. Le

Père Goriot serait fort dépaysé s'il incur-
sionnait à Paris. Grâce au génie de Balzac,
Goriot reste ; la pension bourgeoise n'est
plus qu'un souvenir.

IV

Paris-Théâtres

IV

PARIS-THÉATRES

A notre époque, le théâtre a pris une place prépondérante dans la vie des peuples. Il est l'aliment indispensable de leur curiosité; j'oserai dire que le goût du théâtre est devenu, en Europe surtout, un abus. Les périodes de crises n'arrêtent nullement cette marche en avant.

Comme le printemps fait pointer des boutons sur les tiges, l'Exposition amène une floraison de théâtres.

Aller au théâtre, c'est le rêve de tout Parisien, son paradis de Mahomet, non qu'il
cherche à appliquer la fameuse devise latine :
Castigat ridendo mores qui, pompeusement,
s'étale au fronton du *Palais-Royal*. Le Parisien, sous son enveloppe à la blague, est un
sentimental. Il aime à pleurer aux malheurs
des *Deux Orphelines*, ou se dilater la rate en
compagnie de Feydeau. On lui en donne
pour son argent. Les scènes de la métropole
sont légion.

> Allons, allons, petits et grands,
> Voilà, voilà les charlatans.

J'entends encore la voix gouailleuse de
Jeanne Granier lançant cette pimpante
annonce, accompagnée par le fausset de
défunt Dailly.

Et, de fait, ne seraient-ce pas là spectacles
de foire ? Regardez-moi tous ces gens, le nez
en l'air, fascinés par la colonne Morris,
comme les badauds de province par le boniment des pitres. Le plus grand succès de
l'année, le four noir, qualifié de « demi-
succès », voisinent sur la colonne. On ne
s'imagine pas l'importance de la maison
Morris, qui inventa cet ingénieux système
de publicité. Songez seulement que l'adju-
dicataire paie environ 70,000 francs de

redevance à la Ville. C'est un joli denier.

L'*impresario* qui veut faire mousser son spectacle se paie le luxe d'affiches en double colombier, ou inonde la capitale d'affiches illustrées. Il n'est pas jusqu'aux scènes subventionnées qui ne cherchent à aguicher l'œil pour vider la bourse. Une belle lithographie en couleur tenta de prévenir le désastre des *Truands,* que le talent de Richepin avait insuffisamment cuirassés. L'affiche illustrée, c'est le coup de grosse-caisse ou de tambour du *manager.* « Entrez, messieurs et mesdames, entrez et l'on commence ! Nous en avons pour tous les goûts, pour les gens fortunés et pour les miséreux. Les fauteuils sont à dix francs, l'amphithéâtre n'est qu'à vingt sous. » L'aboyeur, ce personnage aujourd'hui mythique, a même fait sa réapparition dans le passage de l'Opéra, à ce *Théâtre Pompadour* qui, telle la Salamandre, renaît de ses cendres.

A défaut d'aboyeur, le marchand de billets est la sangsue qui s'attache à vous. Descendez-vous de voiture, un camelot se précipite à votre rencontre : « Voyons, monsieur, moins cher qu'au bureau. J'ai d'excellents fauteuils. » Ou bien : « Voulez-vous un strapontin ? Il n'y a plus de place au contrôle. » Le marchand, ou plutôt ses vendeurs — car le marchand de billets est

un gros négociant — vous harcèlent à la
façon des moustiques. Comme eux, il mord.
C'est que cet industriel est un fonctionnaire
du théâtre. Il vend les places que les direc-
teurs doivent, à chaque représentation, aux
auteurs des pièces jouées.

Êtes-vous un malin, un finaud, comme
disent les paysans, faites donc, les mains
dans vos poches, une petite promenade tout
autour du théâtre, égarez-vous chez les
marchands de vin. N'ayez l'air de rien.
Vous trouverez indubitablement un monsieur à chapeau mou, de mise correcte, sans
luxe, et qui, néanmoins, porte haut la tête.
On dirait un général sur le point de mener
ses régiments à la bataille.

Ce monsieur, aux gestes de potentat, c'est
un des plus gros bonnets de la maison, celui
après lequel soupire l'artiste, celui qui,
maintes fois, a provoqué les succès. Le chef
de claque est souvent le bailleur de fonds
du directeur. Ne fait-il pas brillamment ses
affaires ? Vous engagez-vous à suivre de
l'œil ses indications ; mettez-vous vos *battoirs* à la disposition de la direction, moyennant quelques sous, son petit bénéfice à lui.
vous recevrez un jeton de métal qui vous
permettra de siéger aux secondes ou aux
troisièmes galeries, presque sans bourse
délier.

Quels sont, s'il vous plait, tous ces gens groupés autour de la rotonde de l'*Opéra?* Ils semblent attendre un signal. Un gentleman coudoie un pauvre hère et fraternise avec lui. Puis, la cohorte s'engouffre par le grand portail et disparait à l'intérieur du temple. Saluez, messieurs! Ces ouvriers et ces quidams tout à l'heure resplendiront peut-être sous l'or des uniformes. Cet homme en blouse sera peut-être un cardinal. La phalange qui vous arrêtait est celle des figurants de l'Opéra. Il s'y est glissé quelques étrangers cossus, jaloux de contempler de près ces ballerines qui enlèvent des rois, comme autrefois les rois ravissaient les bergères. Il suffit de s'entendre avec le chef du service dans la journée. Êtes-vous *signor,* n'ayez point honte d'accepter la pièce d'un franc que vous accordera généreusement l'administration pour votre salaire. Les petits cadeaux entretiennent l'amitié. Voir flirter les déesses de la chorégraphie avec nos financiers et nos ministres vaut bien cette petite blessure d'amour-propre!

Allez au spectacle! Pour un demi-louis vous vous procurerez un bon fauteuil! Vous vous installez. Fort bien, mais un monumental chapeau vous bouche la vue. Vous êtes réduit à vous contorsionner pour apercevoir le jeu des acteurs. Vous n'osez pro-

tester. La galanterie française vous fait un
devoir de garder de Conrard le silence pru-
dent. A l'entr'acte, vous vous proposez de
sortir. La dame se retourne. Dieu ! qu'ai-je

vu ? C'était ma concierge ! Sa fille, qui est
très bien avec un petit journaliste, lui a
donné des places.

Le théâtre vous réserve de ces petites
désillusions : le souffleur vous empêche
d'entendre la pièce, si vous êtes trop près ;

l'ouvreuse vous pourchasse de ses « mon
petit pourboire » ou de son « ne m'oubliez
pas ». Pauvre myosotis! va! L'ouvreuse est
la plaie de nos théâtres.

Déjà la réaction s'est produite. Dans certaines salles les dames se décoiffent, à l'es-
pagnole. Une jolie chevelure vaut bien un
beau chapeau! La direction qui traitait les
ouvreuses comme des garçons de café, tend
à s'humaniser; les ouvreuses sont moins
pressantes.

Quant aux coulisses, messieurs, à qui les
savoureuses illustrations de ce livre ont mis
l'eau à la bouche, vous qui n'êtes pas du
bâtiment, il ne nous est pas permis de
vous en ouvrir la porte. Un arrêté préfec-
toral vous interdit d'y entrer, comme il
défend de fumer ou d'expectorer. Je ne veux
pas dire que ce soit par décision de la Com-
mission d'hygiène!

Le sanctuaire français de l'Art lyrique est
l'*Académie nationale de musique*, ou *Opéra*,
que des gens mal pensants appellent la boîte
à Garnier, laquelle a remplacé l'Opéra de la
rue Le Peletier, brûlé dans un terrible
incendie.

A l'entr'acte. le foyer s'anime, les éventails
s'agitent. On papote. « Quelles nouvelles
aujourd'hui? — Le ministère a démis-

sionné ! — Pas possible ? — A propos, le petit
des Ablettes épouse une actrice ! Quel scan-
dale ! — Mon flirt m'a emmené cet après-
midi en auto. Quel chauffeur ! » Telles sont
les conversations variées qui s'engagent dans
l'avant-foyer et dans le grand foyer, que
contemplent mélancoliquement les vertus
artistiques de pierre. Le nom de Baudry et
son génial pinceau se sont immortalisés sur
ces murs, qu'abandonnent aux beaux soirs
d'été les couples, lesquels s'égarent dans la
pénombre de la loggia, d'où l'avenue de
l'Opéra, baignée de lumière, paraît le disputer aux étoiles.

Les messieurs en frac ont oublié le
chemin du foyer et des couloirs. Vous
souvenez-vous de cette belle page de Cha-
teaubriand sur les Catacombes? Par une
petite porte, à peine visible, les êtres
humains disparaissent. Pour qui possède
le mot de passe, l'Opéra entr'ouvre ses
profondeurs, sa scène immense, encombrée
de chausses-trapes, de portants et de herses
(rien d'un château du Moyen Age).

Cette enceinte, garnie de pièges, protège
contre les indiscrets les ballerines du foyer
de la danse. Je ne dis pas qu'elle protège
leur vertu, ce serait peut-être un peu difficile. Mme Cardinal cause avec M. le banquier W.. qui paie une voiture à sa progé-

niture. Un ministre tient par le menton un
petit rat, qui ne demande qu'à courir. Un
vieux sénateur, inamovible, bien entendu,
admire les mollets d'une coryphée.

Une sorte de poison se dégage de cette
atmosphère amoureuse. Un roi en exil se
console aux frais de ses anciens sujets ; un
autre, en activité, conte fleurette à une
vierge de Botticelli. Les généraux se
réservent pour la Comédie-Française. L'israé-
lite au nez crochu, le protestant sévère, le
gommeux qui mange à l'avance son héritage, y vivent en bonne intelligence, et,
chose étrange, les parlementaires ne s'y dis-
putent point ! La danse, comme la musique,
adoucit les mœurs.

La *Comédie-Française* est un temple plus
austère, un peu le Monde où l'on s'ennuie.
Encerclée par le décret de Moscou, elle est
le refuge des gens sérieux et des amateurs
d'art dramatique élevé. Il ne faut prendre
que comme la boutade d'un poète le vers-de
l'écrivain :

J'étais seul, l'autre soir, au Théâtre-Français !

Au foyer s'est réfugié l'esprit français. Il
y pétille comme un vin mousseux. Ce foyer
de la maison de Molière, écrin où brillent
ces perles que sont nos artistes, est un de

ces coins de Paris où l'on cause mieux, où l'on sait causer.

Quand on reconstruira l'*Opéra-Comique*.

disait une chanson colportée à chaque carrefour. Le monument Bernier est ouvert, non sans peine !

Mais, déception cruelle, dès son inauguration, on constata que la scène était insuffisante. Philéas Fogg s'était trompé d'un jour. M. Bernier n'avait pas pensé qu'il fallait une scène et des remises pour les décors !

L'*Opéra-Comique*, ouvert en 1898, tant par sa façade grêle que par la délicatesse de ses tons, est bien le séjour d'une Muse légère, celle d'un Rameau et d'un Bizet, d'un Lalo ou d'un Massenet.

L'*Odéon,* le dernier de nos théâtres *subventionnés,* n'est pas gai, comme sa construction ; c'est une chapelle, car les auteurs y font toujours antichambre, et un sanctuaire en général peu folichon, car les pièces y sont moroses et les succès très rares. Nouvelle Madeleine, la seconde maison de Corneille chante elle-même son *De Profundis.*

Les comédiens étrangers ont pris l'habitude d'interpréter tous les rôles, sans distinction d'emploi, à l'encontre de nos artistes

6

français, très particularistes. De même, à
l'étranger, les théâtres n'ont souvent pas de
genre déterminé, phénomène qui n'a rien
pour nous étonner, puisque la province
nous en fournit des exemples nombreux.

A Paris, chaque théâtre a sa coterie, son
public, ses toilettes et ses modes, ses auteurs
et ses pièces.

L'aristocratie fait la fortune des théâtres
du Boulevard, du *Vaudeville* au *Gymnase*,
des *Variétés* aux *Nouveautés*.

Le *Gymnase* est demeuré le Théâtre de
Madame. On y jase d'amour, on y flirte,
plus qu'on n'y écoute. Les chroniqueurs du
Journal et du *Gil Blas* y prêchent pour la
passion. Les femmes y sont jolies, les
œuvres parfois quelconques. Il est de bon
ton d'aller au Gymnase.

Le *Vaudeville* met plus de recherche et de
goût dans le choix de ses ours. Le public
y est plus sage, on n'y rit pas toujours derrière l'éventail. Ce n'est plus la classe indis-
ciplinée qu'est le Gymnase.

Aux *Variétés*, les membres de l'Académie
française font confire, pendant des centaines
de représentations, des piments qui rafraî-
chissent les estomacs débiles des gommeux.

Les *Nouveautés* sont le *Palais-Royal* des
gens chics. Le palais blasé par les fadeurs
des théâtres aristocratiques a besoin d'une

nourriture fruste. On lui donne du *Champi-gnol*. Pour le flatter, de temps à autre on met des condiments et l'on prépare une *Dame de chez Maxim*.

Le *Palais-Royal* est le rendez-vous des bourgeois. « C'est la fête de ma femme, pense le négociant, je vais la conduire rue Montpensier. » Là, le bourgeois est chez lui. On dit des gauloiseries, comme le soir, après dîner. On rit à ventre déboutonné, sans se gêner, et dans l'alcôve, dix ans plus tard, l'un dit à l'autre : « Cet Hyacinthe, ce Raymond, te le rappelles-tu dans *le Canard apprivoisé*, ou *Monsieur chasse ?* » Et Madame de répondre : « Tais-toi, vieux polisson ! »

Les *Bouffes-Parisiens*, après avoir été le *Palais-Royal* de l'opérette, après les beaux jours de l'opéra bouffe, ont affiné leur genre ; le public élégant s'y mêle aux petites dames à la mode qui vont y prendre des leçons de vertu.

La *Renaissance* a cédé le pas au *Lyrique*. Il nous manquait une scène pour les jeunes talents, pour leur donner l'occasion de s'affirmer. Les frères Milliaud ont bien mérité de l'art. Comme œuvres nouvelles, la première année eut : *le Barbier de Séville, Martha, Obéron !* Depuis, les compositeurs de demain ont triomphalement pris leur revanche.

L'Ambigu et le *Château-d'Eau* ou *Théâtre*

de la République prennent leur clientèle dans
les milieux les plus divers. Le titi du pou-
lailler domine de ses quatre étages le bourgeois ou la dame élégante, dont la santé

exige une petite cure de larmes. On y débite
à bon compte des feuilletons parlés.

Le drame historique, l'aventure de cape
et d'épée, la silhouette de Cyrano, cheveux
au vent, l'œuvre dramatique de Dumas se
retrouvent à la *Porte-Saint-Martin*. Comme

le héros de Rostand, Coquelin a eu du nez.
Théâtre choisi, fréquenté par les humbles
aussi bien que par les souverains, la *Porte-
Saint-Martin* abrite un peu de l'âme française.

L'*Athénée* est un boudoir, où l'esprit français le dispute au snobisme, où l'on vient se
reposer des fatigues du
jour, dans le parfum
d'une chair rose. Foin
de ces thèses moroses
qui triomphent à la
Comédie!

Les enfants et les
provinciaux, ceux qui,
à la manière des papil-
lons, courent après la
lumière, envahissent les
théâtres municipaux du
Châtelet et de la *Gaîté*.
Là, c'est l'éblouissante

féerie; la baguette magique de M. Rochard
a transformé le théâtre en un éclabousse-
ment de diamants et d'or. Point n'est
besoin de beaucoup d'intelligence pour suivre
cette trame, dont les exhibitions d'animaux,
les entrechats du corps de ballet font les
frais. Ici, c'est le Royaume de la grande
opérette, dans le luxe des mises en scène.
L'amusement des enfants, la tranquillité des

6

parents, le Châtelet et la Gaité peuvent
inscrire ces mots au fronton de leur scène.

Sarah Bernhardt loge place du Châtelet.
Chez elle, tout est immaculé. « Un salon
Directoire, ma chère! — Est-ce qu'on y
complote? — Oui, pour faire un succès à
l'Aiglon du génial Rostand! » Le petit
retraité de province qui vient à Paris, et a
des lettres, ira voir Sarah. Sarah, c'est une
partie du théâtre français, une moitié, si
vous voulez.

Antoine pourrait fort bien en être un quart,
à en juger par ses admirateurs. Le théâtre
qu'il a élevé sur une faillite des *Menus-Plai-
sirs* est essentiellement éclectique, comme
il est, d'autre part, essentiellement avant-
garde. On n'y comprend pas toujours la
valeur d'une pièce, même quand on est du
métier, mais il est de bon goût d'y applaudir
ce qu'on n'y comprend pas, ce qui ne veut
pas dire qu'on n'y joue pas des chefs-
d'œuvre.

Cluny reste immortalisé par *Trois Femmes
pour un Mari*. Les étudiants s'y amusent
beaucoup. C'est une scène heureuse et qui
n'a pas d'histoire.

Déjazet, après une période transitoire,
marquée par des deuils, a reconquis la
popularité. Scène faubourienne illustrée par
le génie de celle dont elle garde le nom,

Déjazet porte en soi le ferment de « verve
françoise » dont parle maitre François Rabelais.

Mlle Maguéra, la brillante créatrice du
Théâtre d'auditions, a transplanté l'Orient en
haut de l'avenue de Clichy, dans le logis
de *Moncey.* C'est une bonne pensée d'avoir
voulu ouvrir une école littéraire aux ouvriers
de la Butte.

Chaque quartier, bien que le Parisien ait
l'esprit large — et vaste — semble avoir
voulu son local. Les théâtres, dits de banlieue, pullulent : *Grenelle, Gobelins, la Villette, Belleville, Folies-Belleville, Batignolles,
Montmartre, Ternes, Montparnasse, Bouffes-du-
Nord...* Comptez !

Y joue-t-on un beau drame, bien char-
penté, du d'Ennery, et le traitre a-t-il
commis une félonie, du cintre partent des
cris de : « Qu'on le pende ! Le gredin ! »
A titre psychologique, le théâtre de banlieue
est d'un intérêt palpitant. Le revers de la
médaille n'est toutefois pas dans le goût de
tout le monde. Par erreur, il peut arriver
que vous receviez des pommes cuites ! A cela
près !...

Tout différents, guindés comme une jeune
mariée, d'allure austère, quoiqu'on s'y
donne rendez-vous comme à l'église, sont
les théâtricules. Il parait qu'il est plus com-

mode et moins dangereux de s'y rencontrer
que dans les bureaux d'omnibus. On s'y
retrouve, on s'y presse significativement la
main, tandis que le jeune premier soupire :
« Je vous aime! » ou bien l'on s'y *tord,*
à l'audition d'une chanson grivoise. Tels
sont : les *Mathurins,* les *Capucines.*

Pour la *Bodinière,* on l'a surnommée
« l'omnibus ». On y joue, on y danse, on
y dit la messe — d'Isis, bien entendu — on
y écoute parler nos meilleurs conférenciers,
on y dort quelquefois. Dans le promenoir-
salon, on y pêche, sans ligne!

Et partout on distribue des billets de
faveur aux amis. Allez donc vous étonner
de rencontrer votre concierge, ou le tailleur
de vos amis, devant vous, dans une salle de
spectacle. Ils sont tant! Ils sont tant!

V

Paris-Concerts

V

PARIS - CONCERTS

On a pu dire à juste titre que « Paris vibrait ». La musique, qui impressionne les masses, est la corde sensible de tout vrai fils de la capitale. Paris tient au bout d'un archet, lorsque la politique n'accapare pas ses sensations et ses idées.

Les concerts illustrent le domaine du maître Théodore Dubois; pendant quatre mois, les pages des compositeurs les plus célèbres enthousiasment les *dilettanti*. Wagner

s'est imposé au snobisme dans le local exigu
où, l'été, suent sang et eau les pauvres
concurrents, au bruit des éventails. On ne
dort point aux concerts du Conservatoire.
La clientèle, triée sur le volet, se compose
d'amateurs inamovibles.

La première mesure commencée, ils sont
là, souvent accoudés, le regard perdu dans
les nuages, suivant les arpèges et la mélodie,
béats, hypnotisés par la Muse. La chanson
a glorifié les « P'tites servatoires »; que
n'a-t-on immortalisé les gros Messieurs du
balcon :

L'air confit sous leurs cheveux blancs!

Ce sont des caricatures de Forain, ou des
Daumier de cette fin de siècle.

Colonne se partage le Châtelet et le Casino
de Paris, les jours fériés. Les cocodettes et
les merveilleuses de la rue Blanche ne s'égarent pas, soyez-en sûrs, aux après-midi du
Casino. La cinquième symphonie de Mozart
leur indiffère; le quatuor en *la* bémol de
Beethoven ne les transplanterait pas au
sixième ciel. Elles préfèrent leur ciel de lit.

Les concerts des Champs-Élysées, patronnés
par *Lamoureux* et *Chevillard*, portent l'éti-
quette wagnérienne et scandinave. Grieg y
donne la main à Wagner, et les récitals de

Parsifal y font pâmer d'admiration les antiques douairières atteintes de surdité.

Colonne et *Lamoureux* sont deux temples de la grande musique. Les flonflons d'Offenbach, frappés de bannissement, sont réservés pour les théâtres. L'art pur seul est admis. Défense aux genres inférieurs d'entrer. Le vers n'est pas de Hugo !

Sous ses doigts agiles, légères comme l'oiseau, les notes volent, enchanteresses. Le pianiste laisse tomber sa main de haut, et le son se module néanmoins comme un murmure. Les cheveux en désordre, les yeux s'oubliant dans une rêverie, le corps incliné, le virtuose semble ignorer qu'on l'écoute. Il laisse parler son âme, et son âme fait chanter le clavier ou l'archet. L'homme n'est qu'un roseau, et dans le silence de la salle, la phrase de Pascal bourdonne en les cerveaux.

Le gros public, de sens moins idéaliste, préfère s'échouer dans les cafés-concerts. Après un plantureux repas, une agape fraternelle, rien ne vaut, pour se distraire, une excursion dans un *beuglant* classé. On peut chanter sur le boulevard, sans crainte de ridicule :

> Les Casinos sont rigolos,
> On y peut rire, vogue ou chavire...

Si les fumées d'un vin vieux qui rajeunit
les sens vous obscurcissent, comme il est
inutile de chavirer, le noceur n'aura qu'à
se raccrocher au vaisseau de la ville de
Paris qui flotte mais
ne submerge pas.

C'est, en effet, faire
la *noce*, que d'aller au
café-concert. Le Pari-
sien en *bombe* ne man-
quera pas une prome-
nade au *music-hall.*

Si le théâtre est vieux
comme le monde, le
café-concert date de ce
siècle. C'est un pro-
duit de la civilisation,
produit dont il n'y a
pas lieu de savoir gré
au progrès. Pardon !
les auteurs méconnus
y trouvent souvent un
refuge et une huche.

Le café-concert naquit du café-chantant. Les
primitifs *peaux de lapin* (on appelle de ce
vocable les chanteurs en habit noir) s'étant
multipliés, l'élément dramatique fit *consé-
quemment* irruption dans le domaine du
concert.

« Le concert, disait un paysan venu à

Paris en 1889, c'est le théâtre le plus chic. »
On y fume, pas vrai! On y boit! On y
entend la gaudriole! Ce qui n'est pas le
côté le plus appréciable du café-concert.
Mais on n'y paie pas cher. Là est le secret
des succès du café-concert. Théâtre (qui
oserait le nier?), le café-concert aspire à ce
rôle, et la grande querelle des deux sociétés
d'auteurs naquit de ce progrès. L'*Eldorado*
n'est-il pas un ancien théâtre, redevenu,
après moult vicissitudes, terre de la chanson?
La *Scala, Parisiana,* figurent au même titre
dans le répertoire
des music-halls pa-
risiens.

Le concert est en
vogue. Sa verve est
nettement et fran-
chement — pour-
quoi ne pas le dire?
— indécente. Mais,
est-ce que nos mar-
quises et nos com-
tesses font fi de la
grivoiserie? Nos hu-

moristes du *beuglant* ne sont pas si mal
reçus dans les salons!

On y blague le gouvernement, à l'imita-
tion des cabarets de Montmartre et en dépit
des ciseaux de la censure. Mais est-ce que

la Révolution a cloué la bouche à l'esprit
frondeur? On a coupé des têtes, sans doute.
Puisqu'on ne les coupe plus !

Le café-concert est entré dans les mœurs,
comme le journal. Il sera aussi difficile de
museler l'un que d'interdire l'autre.

Les *Folies-Bergère* et le *Casino de Paris*
représentent, dans l'atmosphère métropoli-
taine, l'importation anglaise. Les *Folies*
puisent dans leur jardin plus de fraîcheur,
le *Casino* rappellera aux collégiens les palais
indous dont la lecture de Jules Verne a nourri
leur imagination. L'*Olympia,* plus récent,
dame le pion à ses ancêtres. Les ballets qu'on
y monte avec un luxe asiatique sont aussi
pernicieux que les chansons gauloises des
cafés-concerts. On s'y amuse beaucoup,
même étant Parisien, on y fait connaissance
d'aimables cicerones qui vous conduisent
volontiers à votre appartement ou au leur.
Le pourboire est à la discrétion de l'étranger.

La salle fait tellement cligner des yeux
les évadés de la petite sous-préfecture provinciale, que la scène ne les séduit pas avec
ses cortéges aphrodisiaques, sa musique
voluptueuse, son air sursaturé de patchouli
et d'opoponax, les jetés-battus de ses étoiles,
le scintillement de ses irradiations, le sourire perlé de dents blanches de ses ballerines.

Dans le couloir, éclairé par le plastron

lilial des Messieurs de la Haute, on se chu-
chote des impressions. « Pas mal, la petite
femme. — C'est la baronne de... Chut! Son
mari est à la chasse! — Raison de plus
pour lui offrir un thé. » A l'entr'acte, très
long, le temps de se dire bien des choses,
la baronnette accepte le thé ou une menthe,
pour se réveiller.....

Plus populaire, mais fort à la mode, grâce à
Paulus, fut l'original *Bataclan,* niché... à cent
lieues, sur le boulevard Voltaire. La pagode
du quartier Saint-Ambroise fera fureur parmi
les orientaux. Un vieux Parisien trouvait ce
concert supérieur aux autres parce que, chaque
fois qu'il pleuvait, il s'abritait sous son auvent.

L'été, je vous avouerai que je préfère res-
pirer l'air pur des Champs-Élysées. Aux
Champs-Élysées, qu'il fait bon, fait bon...
Non! Il y a erreur.

L'éclairage très antique de l'*Alcazar* et des
Ambassadeurs fait de ce réduit reculé un lieu
de délices. On peut y embrasser sa voisine,
près du garde municipal, à l'ombre des
fusains. Le public n'y voit que du feu.

Le *Jardin de Paris* fait revivre la Butte
sur les bords de la Seine; c'est à lui que
les librettistes des *Cloches de Corneville* pen-
saient lorsqu'ils écrivirent :

Y en a pour tous les goûts *(bis).*

7

On sait que les cailles aiment la chaleur.
Le *Jardin de Paris* est la plaine aux cailles.

Et ce pauvre *Marigny* que j'allais oublier,
où Angèle Héraud dodeline si gentiment de
la tête, presque comme le page de Hanappier.

Marigny, très smart! Si
vous n'avez pas de mo-
nocle, monture écaille,
n'allez pas à *Marigny.*
On n'y reçoit que des
milords. Habillez-vous
d'abord en vingtième
siècle! C'est un conseil
d'ami. Vous ne sauriez
déparer l'élégant monu-
ment. Ouvrez grands
vos yeux; la scène cha-
toie, la salle flamboie.
Si vous n'êtes pas fas-
ciné, ce ne sera que de
votre faute.

Paris boit, mange et dort au café-concert.
Dès cinq heures, l'apéritif-concert appelle le
Parisien au *Petit Casino,* à l'*Eldorado,* à
Parisiana. Le citadin n'en sort que pour
aller se coucher. Contrairement au proverbe,
qu'il applique à la soirée, il peut s'écrier :
« longue et bonne! »

Messieurs, mesdames, découvrez-vous !
C'est un cercueil qui passe, l'*Éden-Concert*

est mort ! Les vendredis classiques ont vécu !
Nous sommes condamnés à oublier les chansons de Thérésa et de Béranger; Dupont
sera ignoré des générations futures. Le
dévoué collaborateur de Mme de Saint-
Ange, Villé seul, ou presque seul, et l'aimable Dora, portent l'étendard glorieux des
vendredis classiques, qui arrêtèrent le
triomphe du *beuglant*, et maintinrent la
muse chansonnière dans le
sentier de l'honneur. Montmartre a tenté de ressaisir
le drapeau, et l'on a vu
Bessière imposer au public
du Gros-Caillou la verve
de nos vrais poètes fran-
çais. Puisse la hampe ne
pas fléchir !

« Que faites-vous là,
monsieur ? » C'est un agent
qui vous rappelle à l'ordre
pour risquer un œil indiscret vers l'entrée des coulisses. Non, vous n'y pensez
pas ! Vous n'êtes pas aux colonies, et les
explorations sont interdites ! Vous ne savez
donc pas que ces dames accrochent leurs
jarretières derrière les portants, que les
loges sont étroites, qu'il est difficile de
saisir ces dames et qu'un être masculin

troublerait le calme relatif de la scène.

Ces dames sont visibles à six heures au café du théâtre. Et puis, vous savez, entre nous, ce n'est pas pour vous flatter, elles ratent neuf fois sur dix leur entrée. Que serait-ce si vous étiez dans les coulisses ! D'ailleurs, il faut bien laisser quelque chose aux auteurs, et, ici, ils sont légion. Concluez.

Ah ! c'qu'on s'amuse à Paris !

VI

Paris-Attractions

VI

PARIS - ATTRACTIONS

« Pourquoi avez-vous donné une gifle à moâ? » Qui parle ainsi, et quels sont ces éclats de rire perlés? N'avez-vous pas reconnu les facéties de M. Clown, et ceux qui rient sont les bambins joyeux! Le maître Sarcey, qui n'était pas une bête, aimait à reposer son esprit au cirque. M. Auguste avec son nez rouge, comme une fleur purpurine, ses gants blancs — *vulgo* chaussettes — qui logeraient les battoirs d'une compagnie,

Gugusse, ce fils ou petit-fils du génial
pitre qui a su créer un genre immortel,
est l'ami de la jeunesse, et son esprit, pour
être moins littéraire, est souvent plus
piquant que celui qui sale la comédie bourgeoise.

« Allons, allons, petits et grands, voilà,
voilà les charlatans! » Ici on n'arrache pas
les dents, mais on extirpe les idées moroses.
N'oublions pas la devise de Rabelais : « Rire
est le propre de l'homme. »

L'écuyer des cours d'Europe, l'impeccable
Franconi, a installé ses pénates d'été aux
Champs-Élysées, dans l'arène impériale.
Entre deux symphonies de Mozart ou deux
ouvertures de Wagner, les gymnastes font
passer le grand frisson d'angoisse, les cava-
liers et les écuyères exécutent des exercices
de voltige et M. Clown reçoit... des coups
de pied dans ce qu'il a de plus *chair*.

L'Ex-*Cirque Napoléon* ou des *Filles du
Calvaire* abrite, l'hiver, les amazones de
M. Franconi. Peut-on être plus heureux?
L'hiver, la rotonde bien chauffée, l'été sa
villa au bois! Mais combien ce coin du
boulevard du Crime est lugubre! Qu'avez-
vous fait de la Gaîté, des Funambules, des
Folies et des Délassements? Morts Deburau
et Paul Legrand! Le souvenir seul de
Déjazet parfume ce réduit perdu. Le petit

Lazari n'est même plus dans la mémoire, et volontiers si saint Antoine passait par là, il chantonnerait : « Rendez-moi mon vieux « boulevard, la foule grouillante à l'huis « des salles de spectacle, les quais inter- « minables, les refrains du jour et la dili- « gente ruche des marchands de programmes, « de coco et de sucre de pommes! »

Médrano a repris la succession de Fer- nando sur le boulevard Rochechouart. Medrano a beaucoup engraissé, son cirque fait de brillantes affaires. L'un est le corol- laire de l'autre.

Sur les cendres du défunt et illustre bal Valentino, connu jusqu'à Landerneau, — avec la rime! — l'architecte de l'Opéra, Charles Garnier, a élevé le cirque le plus anglais et le plus élégant de France. Le promenoir du *Nouveau-Cirque* est une succursale des Folies-Bergère. Tandis que Chocolat — connaissez-vous Chocolat? — comme la mouche du coche, s'évertue à ne rien faire, tout en paraissant travailler sans répit, les clubmen disent des gentillesses à l'oreille des cocottes. La galerie est un nid d'amour! Laurent Grillet, juché dans la cou- pole, laisse tomber du plafond des accords mélodieux, ce, alors que le plancher du cirque, dépouillé de son tapis de chiendent, s'enfonce aux yeux ébahis des campagnards.

Un jet d'eau gicle par l'interstice des plan-
ches ; la nappe s'élargit — telle une tache
d'huile — et dans le flot tiède se dessine
le corps souple et gracieux des nageuses !

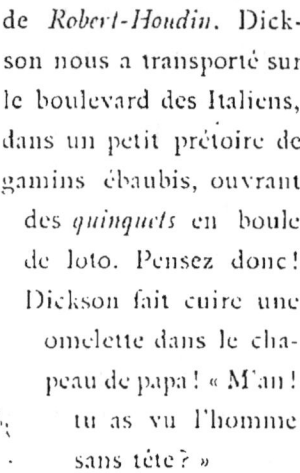

Passez muscade ! La baguette
de *Robert-Houdin*. Dick-
son nous a transporté sur
le boulevard des Italiens,
dans un petit prétoire de
gamins ébaubis, ouvrant
des *quinquets* en boule
de loto. Pensez donc !
Dickson fait cuire une
omelette dans le cha-
peau de papa ! « M'an !
tu as vu l'homme
sans tête ? »

Les bals sont
d'ordinaire po-
pulaires. Les
rôdeurs de la
barrière qui cha-
hutent et font le
saut de carpe
dans les guinguettes des boulevards exté-
rieurs, se distraient follement avec leurs
marmites. La danse est le sport le plus français   à la barrière !   Un *mec*, le trois
ponts délicatement posé sur le coin de
l'oreille, s'avance en traînant les pieds vers

une *gonzesse*. Il racle le parquet de son
talon, tourne de l'œil avec astuce, incline
l'échine à gauche : « Veux-tu en suer une ?
— Ça va ! » Et le quadrille achevé, parmi
les vociférations de la meute, les danseurs
iront *étrangler un perroquet* ou *s'infiltrer un
bleu*. Heureux quand la séance ne s'achève
pas par un coup de couteau !

Les étudiants mettent plus de façons au
Bal Bullier, l'antique Closerie des Lilas qui
anima les générations impériales. Les étu-
diantes, avec leurs mines de saintes nitouches,
sont passionnées pour les valses. Hélas !
Combien lointaines sont les grisettes de
Paul de Kock et de Murger ! Trouverez-vous
une Mimi dans la théorie de ces petites
évaporées ? Je reconnais Schaunard à la
galerie, la tête dans son cou, tirant la pipe
comme les fumeurs de Rembrandt : « Bonjour,
vieux mufle, comment vas-tu ? — Tu paies
quelque chose ? — Schaunard a toujours
« la dalle en pente » et le porte-monnaie
percé. — Bravo ! — Dis donc, mon vieux,
tu ne pourrais pas me prêter cent sous ? —
A ne jamais rendre ? » Le Bal Bullier est
une maison de banque pour étudiants dans
la *purée*...

Toutefois

> On y danse, on y danse
> Sous les lambris superbes.

Les gentlemen et les demi-mondaines ont
fait la vogue du patinage, et l'esprit du
Courrier Français a consacré le *Palais de
Glace*. Dans le défunt panorama de Poilpot,
les belles minettes décrivent des arabesques.
En voilà une qui s'avance, indécise, appuyée
sur l'épaule d'un professeur. Les bonnes
camarades se paient sa tête. « Vous allez
voir, dit le gros d'Esgrigny, qui fait le beau,
le gardénia à la boutonnière. — Pan ! une
pelle ! » Et toute la compagnie de s'esclaffer.

Sur la piste, miroir ardent, les élégantes
tourbillonnent, papillonnent, voltigent et
glissent.

> J'aime la femme qui patine
> Je ne sais rien de plus troublant,
> J'adore la voir serpentine,
> Sur ses hanches se balançant.

Comme le proclame le petit des Ami-
rautés, un habitué très connu des mondaines,
« c'est de la mousse de volupté ». Chéri ! va !
Et l'orchestre joue. Il est remonté. Non, je
veux dire il est monté. Le Palais de Glace
est *select*.

A l'ombre des cactus, dont les corolles
s'épanouissent dans la chaleur attiédie des
serres, sous le hall immense du Palmarium,
la musique semble vouloir réveiller les
hôtes du *Jardin d'Acclimatation*. Une sonate

8

de Mozart sert de prélude au grognement de quelque carnassier, logé aux environs.

Un négociant très riche de Paris, M. Kopp, a rêvé d'entraîner le Tout-Paris au Palmarium. La salle du spectacle s'égaye des lazzis des clowns. On chante, on rit, dans le lointain on entend crépiter la fusillade du *Combat naval*.

Paris est le Gargantua des spectacles et des auditions lyriques. Aux quatre coins de ses rues, des camelots hurlent des complaintes satiriques, troublés de temps à autre par l'apparition d'un képi argenté. Ses restaurants, ses cafés, sont des tréteaux qu'illustrent des Rigo et des lazzaroni napolitains. L'invasion étrangère a pénétré tous les établissements publics. La femme honnête, lasse de sa vertu, va écouter les tziganes ou les Roumains, et saccage les plates-bandes du mariage en compagnie d'un guitariste ou d'un croque-notes. Regardez de quels yeux

elle dévore le beau rastaquouère qui joue la
Traviata au café à la mode! Son voisin ne
s'inquiète pas pour si peu. En cinq secs, il
vient de passer à son partenaire une pile de
soucoupes.

A l'autre terrasse, une princesse russe
évadée conduit son orchestre de viennoises
des Batignolles. Les vieux messieurs n'en
perdent pas une bouchée. Autrefois les
cocottes se faisaient actrices; aujourd'hui
elles deviennent autrichiennes ou tziganes.
On trouve cela rigolo!

A deux pas de l'Exposition, jalouses de

son épanouissement, se sont fondées des
colonies d'attraction. Les Anglais ont toujours de l'argent pour les bonnes affaires.
Vous verrez que l'*Exhibition* de 1900 leur
sera plus lucrative qu'aux promoteurs!

Jules Verne ne nous avait pas trompés
lorsqu'il envoyait dans les airs un wagon.
Les Américains, qui font grandement les
choses, en envoient une cinquantaine. Je ne
dis pas une balançoire! Latude, en 1889,
à la Vieille Bastille, descendait du ciel,
aujourd'hui on y monte, et ce sont des
marins qui vous pilotent. Frémissez, Cha-
ron, vous allez être condamné à remonter
tous les touristes que vous guidiez sur
le Styx! On prétend que l'histoire est un
cercle.

La *Grande Roue* étant aussi un cercle, par
syllogisme, entre dans l'histoire. Attendu
que les extrêmes se touchent, vous pouvez
visiter sous la roue une grotte, ce qui prouve
qu'après être monté, il faut descendre. Si
vous préférez le juste milieu, qui a son
bon côté parfois, vous irez ouïr (sans jeu de
mots) l'orchestre qui occupe le théâtre.
Paris est baigné de musique; dédié aux
géographes de l'avenir! On voit de tout à la
Grande Roue: des bateaux — qu'on ne monte
pas — la belle Fathma et son ventre, un restaurant où l'on mange — il y en a — la

machine de Marly n° 2 ; la première tire de
l'eau, la seconde tire la roue.

A la dernière heure, j'apprends que la
belle Fathma est un nègre !

Le *Vieux Paris*, Paris en 1400, de M. Col-
libert, un nom très moyen-âgeux, gît avenue
de Suffren. Il rappelle fort la cité de Lisieux,
— sans accident. — Ses rues étroites, aux
pignons sculptés, ses éventaires où brille la
porcelaine de Montmartre, ses étains marqués
au sceau des siècles, son église où l'on joue,
comme les confrères de la Table de marbre,
les Mystères des *Gréban*, signés d'un auteur
du Palais-Royal, ses chansonniers qui van-
tent la bonne pinte, ses hérauts d'armes qui
lancent du haut des remparts le traditionnel
et mélancolique : « Sentinelles, veillez ! »
sa vache préhistorique qui donne un lait
qu'ont sucé les contemporains de Charles VI,
tout contribue à faire du Paris en 1400 le
clou de l'Exposition. On l'appelle aussi
Cour des Miracles. Je n'ai pas vu de miracles, à moins que ce ne soit ceux de
Notre-Dame qu'on jouera peut-être un jour.

Un nouveau sport y fait fureur, nommé
tournoi. Il consiste à jeter son adversaire à
bas de son cheval, en présence d'un roi
drapé d'or et d'azur, d'une princesse coiffée
à la Isabeau de Bavière, et d'une fanfare
dont les musiciens ont la trogne des manants

du Pont-au-Change. A l'horizon bleui, le
vieux Montmartre étale les pampres verts
de ses coteaux et les moulins jouent du
télégraphe avec leurs ailes. Paris est un
fouillis de masures, d'une perspective très
observée, sur lesquelles Notre-Dame domine
de toute sa bénédiction. Si je n'aimais le
Moyen Age, je l'aurais aimé avenue de
Suffren.

VII

Paris sur la Butte

VII

PARIS SUR LA BUTTE

Y a d'la goutte à boire là-haut,
　　Y a d'la goutte à boire...

Je ne suis pas bien sûr que cette vieille
chanson du *Clairon* soit nécessairement le
stimulant des nombreux Parisiens qui esca-
ladent la colline des Martyrs ! Je croirais
plus facilement que les muses des sixièmes
étages, les soupeuses aux yeux mi-clos, les
rapins bons enfants. l'immuable gaieté qui

sort de terre, l'atmosphère d'indépendance
gouailleuse, captivent davantage le Parisien
que les beuveries rabelaisiennes dont il ne
se fait pas faute. On respire à Montmartre !...
Jadis, le mercredi des Cendres, de Belleville dégringolaient, loqueteux, sous leurs
oripeaux de carnaval, la jambe indécise et la
voix éraillée, les courtisans de lord Sey-
mour. Les propos salés pleuvaient comme
des confettis. La descente de la Courtille n'est
qu'un souvenir à demi ombré ! L'ascension
de Montmartre est le baptême laïque des
générations prochaines.

Chaque jour, le coteau d'où Othon II
insulta aux métropolitains, se transforme et
s'embellit, mais il a toujours son immor-
telle colonie d'artistes, dont le regard domine
les mystères de Paris. Astres de demain,
étoiles du vingtième siècle, jeunes de corps
et d'esprit, puisant dans la sève du sol l'en-
jouement et la folie, satisfaits de l'opinion
d'eux-mêmes, incapables d'acquiescer aux
réputations dont ils ne sont pas les auteurs,
originaux de caractère et de tenue, bohèmes
par tempérament et vocation, les Montmartrois ont conservé la tradition perdue au
quartier latin.

Hostelleries du temps passé, où sont vos
enseignes pimpantes, comme Mimi Pinson,
vos tonnelles où l'on se bécottait au son

d'un orgue barbare ? Le Petit Ramponneau
est allé rejoindre les Porcherons !

Dans le dédale des rues tortueuses,
coupe-gorges antiques, l'anecdote de Mézeray a sauvé de l'oubli le *Coq-Hardi*. En re-
venant de Saint-Denis — ça commence
comme une chanson — peut-être de la
foire du Lendit — la rime y est — l'histo-
rien Mézeray voulut prendre un vin frais au
cabaret du *Coq-Hardi,* et bien lui en prit !
Il le trouva si bon, le patron si avenant,
qu'il s'y retira et son héritage devint l'apa-
nage du propriétaire de céans. Qui nous
dit que l'un de nos académiciens ne finira
pas ses jours au cabaret des *Quat'z'Arts ?*
Quelle gloire pour Montmartre !

Montmartre est un bal perpétuel. Les
femmes s'y plaisent à découvrir les roton-
dités de leurs mollets, ou à organiser un
quadrille fin de siècle. Tenez, voilà Grille-
d'Égout ; ici, la Môme-Fromage. Et la Sau-
terelle ! Et Rayon d'Or ! Nous ne verrons
plus la Goulue.

Elle s'expose dans la rue, ue, e.

De vieux messieurs, tout palpitants d'émo-
tion, plongent un œil indiscret dans le flot
des dentelles. Leur passion renaît, et leur
vieillesse s'oublie ! Un jeune apprenti dans

le métier de don Juan essaie de parfaire son
instruction. « T'es rien mufle, tu sais,
voilà un mois qu't'es pas venu. Tu *plaques*
les amies, c'est pas gentil ! » Des vierges
italiennes, dont les bandeaux eux-mêmes

n'ont rien d'immaculé, posent à la vertu,
après avoir posé le nu dans les ateliers.

L'élégant bâille, tandis que le bourgeois
pince... la tournure des dames. Et tourne,
tourne mon moulin ! Non plus pour moudre
le pain aux Parisiens, mais pour mettre une
miche dans la huche des Parisiennes, une

collerette à leur cou, du fard à leur museau effronté.

Le *Moulin-Rouge*, avec ses grandes ailes méphistophélesques, étincelantes de lumière, rubescent comme enfer, ses jardins assombris faits pour s'aimer, recueille tous les désirs et tous les appétits. C'est le temple d'Aphrodite de la Butte, comme ce *Moulin de la Galette*, à cheval sur la hauteur, qui semble dire : « Viens-tu? », comme la pierreuse du soir.

A la bourse des cœurs, l'ouvrière rieuse promène son nez fripon, la grisette son escarcelle, le gentleman son « huit reflets », le commis de nouveautés sa verve de méridional, l'esthète sa tête de Christ et son pantalon de velours à sous-pieds ; tout un dessin de Willette !

M. Béranger est très mal reçu à Montmartre, et si l'on y montre... la lune, c'est en famille !

Gais et contents, toujours chantants, la fille qui se serre contre leurs bras, les

Montmartrois se font un devoir de stationner dans tous les cabarets, cabarets où
l'on chante, cabarets où l'on rit, théâtricules
où Tabarin bat de la caisse, où les héritiers
de Salis bonimentent en arracheurs de
dents.

Ce brave Sarcey, dont le postère récla-
mait d'urgence un fauteuil de vaste enver-
gure, est figé dans l'immortalité, grâce à
Charton. Pour cent sous on peut se payer
un Sarcey à la *Roulotte !* Il est inutile de
s'en passer !

Au minuscule *Tréteau de Tabarin*, des
divettes très modernes blaguent des choses
très antiques.

Mais le *Pacha noir*, lui-même, n'a pu faire
oublier le gentilhomme de *Chatnoirville*, l'intarissable Salis. Salis est dans l'histoire. Son
hôtel-cabaret de la rue Victor-Massé restera
comme le Rambouillet de la chanson française. Willette a gagné la cimaise en y sil-
houettant les lunettes et le ventre de l'*Oncle*.
L'ombromanie a triomphé sous le crayon de
Caran d'Ache. Donnay y fit voir Phryné ex-
posant ses bagages devant l'aréopage. Quelle
platine, ce Salis ! qui organisait des courses
de voitures à bras pour l'amélioration de la
race des hommes de peine. Le suisse de
la porte vous toisait, Salis vous dévisageait.
« Veuillez aller ailleurs. Je ne reçois plus ! »

Vous n'aviez pas séduit monsieur Chou-
fleury. Au contraire, le piment et le sel
tombaient des lèvres de Salis si vous aviez
su plaire : « Mon neveu, entrez donc, vous
êtes ici chez vous ! » Rendez-nous un Salis !

Le petit Martin a conservé du gentilhomme l'urbanité et l'esprit. Le *Conservatoire de Montmartre*, un drôle de conservatoire, logé dans une chapelle — sans doute
pour y recevoir par anticipation l'absolution
de ses péchés — est fort achalandé. Dans
l'antichambre, Martin, un *palmipède* facile à
reconnaître, court sur pattes et, rond comme
Rabelais, prend des bocks intarissables. Et
monte en un cantique divin l'âme de Fra-
gerolle, de la Marche à l'Étoile, de Joël !
Une femme languissamment roucoule,
Bérard barytonne avec chaleur, derrière la
tapisserie, pendant qu'une maîtresse d'esthète, le regard fixé sur une rose, rêve à
l'idéal qu'on n'atteint pas. « Martin ! Martin ! » La ménagerie invisible hurle après le
dompteur ; Martin est obligé d'aller saluer.
Il n'a rien de l'ours, Martin !

Le cabaret des *Quat'z'Arts* est le refuge
de tous les *purotins* esthétiques. De Sivry
traînait au piano sa générale *purée*, et la lyre
des vieux lieds de France gémissait avec son
cœur. Aux moments de bourrasques, quand le
chansonnier égratigne trop le gouvernement

ou le bourgeois, les amis de la situation
s'enflamment, les clefs issent des poches,
les bocks voltigent. Une clameur terrible
retentit : « On va casser les vitres à Trom-
bert ! »

Ah ! c'te tête, c'te g...... c'te binette,
Voyez donc quelle tête il a !

Les consommateurs d'Alexandre et du
Casino des Concierges saluent
votre entrée, sur un air de
mirliton. Ne vous fâchez
pas, c'est la marque
de la maison. Souriez !
Alexandre, comme au-
trefois Bruant, s'a-
vance à ta rencon-
tre : « Que vais-je
te servir ? » N'hésite
pas à choisir ta con-
sommation ou tu vas
être désarçonné. Je
sais bien que le patron t'en impose avec ses
bottes, son pantalon de velours, sa grande
cravate qui serpente sur sa poitrine, et le
sombrero gigantesque qui ombre encore le
noir de ses prunelles ! Il ne faut pas se
moquer de cette allure de brigand calabrais
ou de coupe jarrets des *Sierras*. Bruant y

a gagné un château dans le Loiret. L'habit
ne fait pas toujours le moine, il fait du
moins la caisse.

Brrr! Cette verte lumière ne me dit rien
qui vaille, et son titre n'a d'engageant que
l'attrait de l'inconnu : le *Néant*. En vérité !
Les Chinois voyagent bien avec leur cercueil !
Une lueur mortuaire endeuille la boutique. Des cercueils allongent leur carcasse
livide ; des cierges microscopiques éclairent
les physionomies devenues songeuses. Le
grand problème se pose !

Reluisant sous la toile cirée, un croque-
mort, d'un timbre caverneux, vous inter-
roge. « Que viens-tu faire, macchabée, dans
l'antre du néant ? Graine d'asticots, fumier,
charogne ! » Il vous faut boire dans un
crâne, comme les guerriers de la Walpurgis,
« de la crème de macchabée ». Les flammes
de l'alcool vous donnent des faces blêmes.
La petite provinciale apeurée croit venu le
jour du dernier jugement, et se pelotonne
contre son mari, et l'étudiant, profitant de
la pénombre, embrasse le cou de sa voisine.

Un buveur de bonne volonté s'introduit
dans un cercueil. Un jeu de miroirs le dé-
compose, les chairs se dégradent à ces nouveaux rayons X, et l'ossature supporte le
crâne qui grimace, fascinant les femmes dont
le cœur bat la campagne.

Tout cet étalage voulu n'est qu'une comédie, on n'ose pourtant en rire. La mort
vous serre à la gorge.

On se rattrape à l'*Abbaye de Thélème*, à la
place Blanche, au *Rat-Mort*, le grand marché d'esclaves et de houris, à deux heures
du matin de relevée.

Un artiste de la Comédie-Française,
connu pour ses *noces*, discute avec un
membre de l'Institut qui prend des notes
pour un futur roman. L'artiste en tient pour
les grisettes qu'il drape de toutes les qualités :
« Elles ont l'inconvénient d'avoir toujours
faim et soif. — C'est précisément à cause de
leur tempérance ; ne peuvent-elles pas se
contenter, en guise de repas, d'un verre de
bière et d'une cigarette ! Qualité précieuse
qu'on rencontre rarement en ménage ! » Il
est interrompu par une voix avinée qui interpelle le garçon. « Trois distingués et des
œufs durs pour madame ». Le rapin, dont
la bourse trouée a *monopolisé* le dîner, soupe
en regardant la cocotte manger ses deux ou
trois œufs. L'œuf dur est la providence du
Montmartrois, et, en général, des amants
dans la débine. « C'est bon, ça nourrit, et
le tarif en est abordable ! » Même au début
du mois, le rapin ne se lance pas dans les
plates-bandes de Thélème, l'abbaye idéale,
d'où les moines dodus, capables de faire

envie aux concitoyens de Vendredi, ont émigré, poursuivis par l'escadron des pêcheresses à un louis !

Au *Rat-Mort,* le rat le plus vivant de Paris, trois ou quatre *musicos* font pleurer le violoncelle, raclent du violon, tapotent du piano, ou s'enivrent du tambour de basque.

Montmartre est le paradis des muses — chacun s'amuse. Le mot n'étant pas trop mauvais est dédié aux revuistes. Ils sont autorisés à l'utiliser sans payer de droits !

VIII

Paris qui soupe

.VIII

PARIS QUI SOUPE

Le Parisien est un nocturne. De noir
vêtu, mais ganté de clair, les yeux bril-
lants, respirant à pleins poumons l'air de la
volupté, battant des bras comme le hibou
de l'aile, il s'en va, ivre de plaisir, sonner
sur le coup de minuit aux endroits où l'on
soupe. La cocotte, dotée d'un carrosse plus
ou moins armorié, la grisette qui sort du
concert, le gentleman, possesseur d'un
conseil de famille, le bourgeois replet qui

s'est esbaudi dans les fauteuils d'une scène grivoise, le simple employé, évadé pour un soir de la mansarde, ne rentreront pas à domicile, sans absorber quelques demis, ou grignoter des buissons d'écrevisses.

Les anciens restaurants à la mode ont vécu. Les Porcherons n'ont laissé qu'un nom. Ils ont disparu avec les brocarts fleuris, les mules d'Espagne, les cheveux poudrés de frimas, la licence des Parcs aux Cerfs, la fine élégance des marquisettes.

Les aïeux de 48, concitoyens de Lamartine et de Dupont, crayonnés par Gavarni, connaissaient le chemin de la grande rue des Batignolles. *Le Père Lathuille* eut la vogue de *Maxim*. Tout passe, tout casse, tout lasse ! Plus d'un siècle s'est écoulé depuis que les révolutionnaires de 1790 envahissaient, cocarde au chapeau et faconde au vent, grisés de liberté, les salons de l'avenue de Clichy. L'état-major de Moncey chassa, en 1814, les petits crevés, et le craquement des bottes fit s'envoler les amoureuses. Au cliquetis des verres, au pétillement du champagne dans les coupes, aux susurrements d'amour, aux baisers qui se meurent dans des spasmes, la guerre imposa la domination des balles. L'artillerie de Blücher dirigea ses feux sur l'école des adultères et troua d'un boulet le comptoir

du *Père Lathuille*. La renaissance de Montmartre n'a pas arrêté l'exode. Les *chicards*
de jadis, jetant l'argent par la fenêtre, où
sont-ils? Plus de *gueuletons* formidables! On
soupe à l'eau de Vichy. Les tonneaux du
Moulin à Vent 1820 sont vides. Les grands
crus sont épuisés. *Le Père Lathuille,* comme
Lapérouse, ne donne plus asile qu'aux couples
prohibés. Pour tromper son mari, la Parisienne recherche la solitude. Elle sait fort
bien que son cavalier, entre la poire et le
fromage, dans un cabinet particulier, solli-
citera quelques privautés... et seul le premier pas coûte. Son mari est à la campagne.
Il a profité de la soirée du samedi pour aller
tendre ses lignes en Marne. Le soupirant
accourt : « Allons, ma chérie, vous ne me
refuserez pas! J'ai une petite baignoire au
Palais-Royal. Le rideau baissé, je vous
conduirai souper!... Oh! ne craignez rien!
Un souper en camarades! — Si on me
voyait! — Nous grimperons chez *Lathuille*.
Préférez-vous *Lapérouse* ou *Lavenue*. La
rive gauche est si loin! » Elle accepte en
riant, le front auréolé d'une pudique rou-
geur. Ainsi est fait. Et lorsqu'elle pénètre
dans le cabinet tout poivré de tentations, le
visage caché dans la voilette, une mante
couvrant ses délicieuses épaules, son cœur
bat plus vite. « Mon Dieu, et ce garçon qui

m'a regardée! — Tranquillisez-vous. *(Suffi-sant.)* Il y est habitué. — Monsieur désire souper? Un excellent menu : potage bisque, moules marinières, écrevisses de la Meuse,

la spécialité de la maison, perdreaux froids, sauce diable? — Parfait. » La petite dame, les yeux baignés d'amour, émoustillée déjà par le spectacle, tremble doucement. Son compagnon concerte son plan. La place a déjà l'intention de se rendre!

Que de crimes furent consommés, avenue

de Clichy, sur les Augustins, et boulevard
Montparnasse! Un de nos meilleurs vaudevillistes obtint d'un des patrons l'autorisa-
tion d'assister, dans un placard, à ces rendez-vous charmants. Un jour qu'il avait
failli être étouffé, et qu'on lui faisait respirer des sels : « Eh bien! mon cher, lui
dit le propriétaire; l'indiscrétion est toujours
punie! J'espère que vous n'avez plus envie
de recommencer? — Ah! mon ami, moi
qui croyais que Reichenberg était l'unique
ingénue! » De cet incident est sortie l'une
de nos plus spirituelles comédies. Allez donc
dire que les restaurants de nuit ne servent
pas aux écrivains!

Toutes les Mômes-Crevette de la création
vous répéteront sur tous les tons que la
supériorité est à *Maxim*. Chez *Silvain*, chez
Paillard, le public est plus choisi. On y
conserve une convenable tenue, on n'y
interpelle pas ses voisins, on n'y renverse
pas le vin sur la table et la salière dans le
cou de ses amis. Le sommelier a de beaux
favoris bruns, et ne glisse pas des billets
doux à votre invitée. Le domestique, en
aidant Madame à boutonner sa jaquette, n'en
profite pas pour promener involontairement
les mains sur les fleurs de son corsage.

Maxim est un *public-house* de la Tamise.
Les grooms, habillés presque comme des

salutistes, remplissent l'office des facteurs
de Barbizon :

C'est eux qui portent les paquets,
Les billets doux et les poulets.

Avec un art très anglais, très *pickpocket*,
ils laissent filer entre les doigts de votre
compagne une carte microscopique du gros
financier, qui incendie votre femme. Celle-ci,
toute frissonnante de volupté, fait valoir
ses jolies épaules, son délicieux corsage
sorti de chez *Redfern*, la maison à la mode,
sa jupe signée du même tailleur, et dont
l'aristocratie des deux mondes vantera l'élégance. Tous les regards sont pour elle, et
son... mari ne voit rien.

Que d'élégance dans le langage des demi-
mondaines : « Garçon, amène ta poire. —
Qu'as-tu à nous fourrer sous la dent? —
Ne mange pas d'asperges, tu sais bien que
cela te rend malade. — Zut, puisque je te
dis que j'en veux. T'es pas mon père! »
Tout un répertoire à phonographier à l'usage
des auteurs dramatiques dans l'embarras. Et
quel monde! Un sujet de l'Opéra entre au
bras d'un banquier. Le député K..., qui fit une
vigoureuse opposition à la loi du divorce,
trompe sa femme avec la mignonne actrice
qu'il a casée à l'Odéon ; un ministre croque

des amandes en compagnie d'une chanteuse ;
un viveur déplumé fait l'éducation de son
fils, qui use de stratégie pour lui soutirer
sa maitresse ; trois étrangers hument des
cock-tails. Une tour de Babel !

La démocratie,
qui ne compte pas
par louis, s'ar-
rête aux brasseries.
Gourmand comme
un Flamand, le
Parisien aime la
bière. Il contem-
ple amoureuse-
ment les feutres
qui s'entassent sur
sa table. Au sortir
du théâtre, par un
phénomène jour-
nalier, il sent son
estomac crier fa-
mine. « Nous al-
lons aller souper,
ma chérie ? — Si tu veux. — Oh ! tu sais,
c'est pour toi que je parle. Si tu n'y tiens
pas plus que cela ! — Mais si, mais si !
D'ailleurs, tu sais fort bien que nous
n'avons mangé qu'un potage. Je me réjouis
de prendre une choucroûte. — Et moi une
saucisse de Francfort. »

La salle est enfumée ; une odeur de vic-
tuailles monte aux narines, mais on va
souper. Tout est occupé. « Par ici, monsieur, deux places. — Garçon, garçon ! Mais
c'est impatientant à la fin ; on ne peut pas
se faire servir ! » L'esthète hausse dédai-
gneusement les épaules et secoue négligem-
ment les boucles de sa chevelure mérovin-
gienne. Il est au-dessus de ces misères
humaines. Des bocks rehaussent son imagination, et de sa pipe s'échappent des
volutes nébuleuses. Un cabotin engloutit une
provision de sandwichs, une cocotte se
pimente le palais. Un
murmure confus s'élève,
pareil au bourdonne-
ment d'un essaim de
frelons. Des mias-
mes vous empoison-
nent, les poumons
se resserrent ; on
éprouve le désir et
le besoin de respirer.
On voudrait partir
et l'on reste. L'ha-
bitude vous cloue

à l'estaminet, et demain chacun s'étonnera
d'avoir la tête lourde ! Peut-on réformer les
mœurs ?

Les artistes et les ballerines du boulevard

Sébastopol, le visage encore luisant de fard
ou gras de vaseline, affectionnent le *Zimmer*
de la rue Blondel. — Une petite salle basse,
à l'allemande, toujours bondée. — Une
mousse s'estompe sur le malt léger et noir
de Bavière. Le *Muller* et le *Poussel*, le
Dreher du Châtelet, ont conservé à la bière
sa blonde couleur d'or. Le souper est la
préface de toute expédition amoureuse. Il
est le hameçon auquel se prennent toutes
les vertus. Oh! dire « je vous aime » entre
deux tranches de jambon aux pickles! Faire
du pied à l'amie qui a consenti à l'excursion, tandis qu'on dévore le roquefort qui
marche tout seul! Il faut être Parisien pour
vivre d'une telle vie! Il est vrai qu'Alphonse
Karr a pu écrire : « Le vrai Parisien n'aime
pas les soupers, mais il ne peut s'en passer. »

Avez-vous un *sapin*, une victoria qui n'a
de royale que le nom, traînée par le dernier
produit de Rossinante, conduite par un
automédon dépenaillé?

Invitez deux de ces dames qui s'ennuient
devant leur bock, à la terrasse du café. Les
lèvres sont bien rouges, les yeux bien
cernés, mais le grand monde de la galanterie vous suivrait en maugréant vers les
Halles. « Et quoi vous avez soupé! Un
chasse-bière alors! Rien de tel pour dissiper
les nuages qui obscurcissent les fronts

comme un marc au *Chat qui fume,* un
affreux *mastroquet* de la rue des Halles. Un
jeune homme y dort sur l'épaule de sa compagne ; une grisette, légèrement *partie,* après
avoir absorbé cinq ou six marcs, veut abso-
lument donner un échantillon de son savoir
chorégraphique et lyrique. Son amant lui
fait de paternelles remontrances.

Sur un signe de votre camarade en jupons,
le cocher descend de son siège et vient trin-
quer avec vous sans cérémonie. Le conduc-
teur crasseux et la fille sont frère et sœur.
Ne sont-ils pas tous deux *le peuple !*

Le *Café des Princes* a clos ses volets.
L'orchestre range ses instruments ; la lumière
s'éteint progressivement. Les colombes émi-
grent sous des cieux plus cléments, et, voi-
lant leur impudeur dans la pénombre des
maisons, gagnent la rue Auber.

> Le Wetzel est à la mode,
> En vérité très commode.
> En deux temps, trois mouvements,
> On est servi promptement.
> On y voit d' bonn's filles,
> Aimables, gentilles,
> Qui sans s' faire prier
> Acceptent bien à souper.
> V'nez vous satisfaire ;
> Ell's sauront vous plaire.

« Tu m'offres un bock ? — (sans liaison)
-— Comment donc, mais avec plaisir ! »

Au bout d'une minute : « Dis donc, mon chéri — on est toujours chéri quand on paie — veux-tu que je demande un œuf dur ? — Fais-toi servir, mon ange. » Au bout de dix minutes : « J'ai laissé des soucoupes là-bas, veux-tu que je les apporte ? » Vous n'osez récriminer. En prestidigitation, le coup est dénommé « la carte forcée ». Au bout de vingt minutes, la dernière étape est franchie. Après un gros bécot sur l'œil, on vous murmure naïvement : « J'ai mon amie à l'autre table qui s'ennuie, je vais lui dire de venir, tu veux bien ? » On n'attend pas la réponse. Et vous voilà derviche ! Votre sérail est peuplé de deux femmes, et votre porte-monnaie allégé de dix-huit consommations, trois œufs durs et un sandwich.

Vous finirez, si vous avez du tempérament, chez *La Pêche*, avec les margeurs du *Figaro*, ou chez *Achille*, dans un bar de Montmartre. Vous risquerez fort, cher ami, d'avoir toute la journée la... bouche de bois ; mais vous retournerez à Carpentras, joyeux, et vous crierez à votre compatriote Tartarin : « Quelle noce ! quelle noce ! »

IX

Paris-Vivant

IX

PARIS - VIVANT

« Vous n'êtes pas de l'Académie, monsieur? — Pas encore, mais j'espère avoir
un jour où l'autre mon *box* sur le quai
Conti. — J'ai voulu dire de *notre* Académie !
— Celle de Maxime Lisbonne, peut-être ?
insinuai-je avec une pointe d'étonnement. —
L'Académie de la rue Saint-Jacques ! — ! ! !
— Je vois, jeune homme, que vous êtes un
élève de l'École des Beaux-Arts. — Hélas !
non, monsieur, je suis, ce qui ne vaut guère

mieux, poète! Si l'on est bien à vingt ans
dans un grenier, ainsi qu'au temps de Béranger, il faut parfois se serrer le ventre,
car notre Académie ne met pas un traitement
à notre disposition, et souvent notre bourse
est comme le pot de Rutebeuf, les araignées
y tissent leur toile! Mais c'est aujourd'hui
premier du mois, voulez-vous me permettre
de vous y présenter? Acceptez le bock de
l'étudiant! » Ce disant, mon interlocuteur
tournait et retournait une belle *thune* de
cent sous qu'il couvait des yeux! Il me
rappela Murger.

C'est une rutilante boutique de liquoriste,
au comptoir reluisant comme un sou neuf.
Ils sont là quarante, non pas académiides,
mais quarante tonneaux! Les douves vernies
resplendissent à la façon de ces maisons
hollandaises, bijoux de propreté méticuleuse.
Le patron, un gros marchand de vins parisien, adorné d'un ventre bedonnant, la
casquette sur le coin de l'oreille, les bras
croisés, écoute complaisamment le poète
chevelu qui expectore ses vers. Une brave
concierge du voisinage, rubiconde et vieil-
lotte, s'imprègne béatement des rythmes
décadents. Thalie, voilà bien de tes coups!
Les chapeaux hauts de forme jouent de
l'accordéon, symbole de l'alliance étroite de
la musique et de la poésie. Verlaine, dans

ses interrègnes d'hôpital, aimait à se reposer
dans le cénacle, où la pipe de Ponchon était
tout aussi connue que sa verve intarissable.
Ponchon y vient-il encore? Il n'a pas
encore pignon sur rue, comme l'ex-gueux
Richepin, mais il fait beaucoup de copie.
Ses visites doivent être plus rares. A l'encontre de Montmartre, les hôtes de l'Académie de la rue Saint-Jacques sont solennels. Ils
soulignent spirituellement les vers sonores de
quatorze pieds. Ils sont lustrés, sinon illus-
tres. Un vieillard aux longs cheveux grison-
nants déclame, sur un ton de mélopée, des
strophes surannées, après un jeune aux périodes ultra-modernes. L'inspiration y naît
entre deux *vertes* ou sur une pile de soucoupes, et l'on sent revivre le vieux Pierre
Dupont dans ce club étrange. Le dix-neuvième
siècle mourant aura encore eu ses Ragueneau !
Je parie que Rostand ignorait l'Académie !

« Tonneau ! Tonneau ! » Après s'être fait
beaucoup prier, Tonneau escalade les tréteaux. « Un chic à Tonneau ! » clament
vingt voix, et les bans bruyants font trem-
bler les vitres. Tonneau, un étudiant au
visage de poupon rose, chante ou plutôt
murmure une chanson de sa composition.
Elle est légère, grivoise même. Les grisettes
du Quartier latin ne rougissent pas pour si
peu ! Tonneau a fini.

« Une autre ! une autre ! » Et les soucoupes
martèlent le marbre, les pieds frappent le
sol, les gourdins font un charivari assour-
dissant. Tonneau est fatigué, il réclame
l'indulgence et le temps de vider des chopes
aux frais du patron. Et les voix de reprendre
à l'unisson, en accord parfait :

Tonneau est un cochon
La faridondaine, la faridondon !

Tous les chansonniers improvisés de la
rue Champollion, du Cadran Saint-Michel,
des sous-sols littéraires — qui poussent au
boulevard Saint-Michel, au *Boul' Mich'* —

doivent un large tribut
d'art. On ne leur mar-
chande pas les consom-
mations, mais ils doivent
se dévouer.

« Bah ! si l'on ne
mange pas à sa guise,
on peut toujours boire ;
quand on a la *cuite*, on
dort, et qui dort dîne ! »

Ce brave *quartier*, où
l'on fait le moins de latin possible, que de
souvenirs il réveille ! L'école studieuse
d'Abélard, l'escholier au pourpoint troué,
le turbulent étudiant de jadis, montant, à

la suite d'Arnaud, à l'assaut de l'Université, ont pu passer. Le quartier, comme la vieille garde, demeure! Il vit, il vibre, il *chahute* les agents, fait la nique au gouvernement, contre lequel il distille ses satires poudrées de sel ; il est toujours français. La sève leur monte parfois au cerveau, à ces enfants. Ils vont au café, ils s'enivrent ; c'est pour s'étourdir. Ils s'égarent derrière un jupon chiffonné, ils *font la bombe* perpétuelle avec des musettes. Ne faut-il pas au labeur de l'Université, qui sommeille là-bas, un dérivatif. Et puis, dites-le-moi, parents ronchonneux qui prétendez toujours qu'on vous *carotte,* qui est-ce qui alimenterait le *Soufflet* rajeuni, le *Vachette,* le *d'Harcourt,* paradis des œufs durs et des « sandwichs pain noir » ; qui casserait les vitres du *Balzar,* ou ferait l'écarté avec son étudiante à la *Lorraine ;* qui réveillerait les voisins de la *Taverne du Panthéon* en criant : « Vive l'armée! » à trois heures du matin ; qui enfin scandaliserait les

matous de la loge en rentrant à des heures
indues, qui, si l'étudiant ne représentait sur
la déserte rive gauche, la vie, l'agitation, la
jeunesse gauloise ? L'étudiant, c'est le gardien de la paix du *Boul' Mich'* ! C'est lui
qui *cogne* sur les *marlous* et purge le quartier. Allons donc, desserrez votre bas, et
pour ce beau rôle envoyez-lui un louis de
plus. Il l'a bien gagné !

Votre obole lui permettra de faire honnête
figure au *monôme*. « Conspuez Machin,
conspuez ! » La clameur s'entend à un demi-
kilomètre à la ronde. Les soldats romains
ont bien fustigé de leurs *Saturæ* les généraux
victorieux. pourquoi l'étudiant moderne ne
déchirerait-il pas le professeur qui, l'autre
soir, après un mot malheureux, reçut des
pommes cuites ? Une main sur l'épaule du
voisin, témoignage du lien qui unit leur
tapage, le gourdin de l'autre, ils vont par
les rues. Un cocher veut-il couper la file,
un omnibus n'a-t-il pas serré le frein devant
le bataillon sacré, la meute se retourne sur
lui : « Conspuez l'collignon, conspuez ! »
La phalange est rompue ; comme le vers de
terre, les tronçons se soudent à nouveau.

Le potache, qui use encore ses culottes
sur les bancs du lycée, malgré ses dix-neuf
ans, vient-il de terminer des examens pour
une grande école, son honneur l'oblige à

manifester qu'il est homme. A quoi aurait
servi alors la Révolution de 89 ? *Cornichons,
pistons, cubes* ou *bizuths,* candidats à l'X, sous
la conduite de chefs élus — les plus bruyants
des classes et les plus flemmards, ceux qui
comptent bien redoubler — tous assistent
au traditionnel monôme. Le passant les suit,
amusé. L'agent leur sourit !!! Ils brûlent
leur roi Carnaval. « Conspuez, l'bahut !
conspuez ! » C'est un régiment solide ;
chacun a sa carte qui lui donnera droit à une
prune. Une visite chez la *Mère Moreaux,*
place des Trois-Maries, près du Pont-Neuf,
est de rigueur.

Par escouades, les potaches s'engagent
parmi les bocaux légendaires. Le pèlerinage
achevé, le monôme, en masse devant la
porte, *fait un chic* à la Mère Moreaux.

La pauvre femme, depuis longtemps
défunte, doit en tressaillir dans sa tombe !
Les cris des animaux les plus divers ponc-
tuent le *chambard.* Les monômistes se pré-
parent aux futures campagnes électorales !

Il est plus d'une heure du matin ! Le
Quartier s'amuse ; les pâles grisettes, qu'un
ami de rencontre n'accompagne pas au logis,
errent mélancoliques. Le coup de sifflet d'une
locomotive gémit. C'est le train des Halles.
Tantôt un convoi de fraises, cueillies dans la

soirée, parfume le boulevard ; tantôt, en un
parterre mouvant, les choux-fleurs marient
leur blanc bouquet au rouge des carottes,
aux verts des poireaux, aux teintes bleues
des navets. Le *Ventre de Paris*, chanté par
Zola, prépare son pantagruélique festin.

Cahin-caha, hue dia ! hop là ! le gros

cheval du marai-
cher, lassé par une
longue route et une
charge herculéenne,
parcourt la rue du
Pont-Neuf, somno-
lent comme le pay-
san qui dort sur un
lit de choux.

Des cubes de lé-
gumes frais, des manettes de beurre, des
boites rebondies de fromages, ceinturent le
hall de fer. Ici, du sommeil du juste, sur
un sac étendu à terre, le campagnard
repose. L'asphalte et le bitume ne sont pas
plus durs que le lit de camp d'une salle de
police !

Dans les rues contiguës règne une fiévreuse
activité.

Le sang des bœufs tache la toison d'un
mouton. Des gars, bien découplés, portent
des quartiers de viande. Les cadavres
s'alignent sous le crochet. La vie à côté de

la mort ! On dirait une ruche bourdonnante.
Les *troquets* ont peine à verser les petits
verres sur le comptoir. Les lazzis s'entre-
croisent. Un boucher, le verbe haut, discute
le prix de la viande. « Ta bouche, bébé ! »
L'épithète s'adresse à un fils de ferme qui
conte des gaudrioles en Marseillais.

Des *forts* de la Halle geignent sous le
faix. Entre deux arrivages, on se précipite
vers la marchande de soupe. Sur le petit
réchaud bout un odorant po-
tage ou un rafraîchissant *petit
noir*. Le gentleman qui descend de Montmartre, par di-
lettantisme, fait face au por-
teur de sacs, au maraîcher,
dont le bonnet de coton tran-
che sur la blouse bleue, à
la paysanne riant sous sa mar-
motte. Comme il paraît bon,
après une nuit d'orgie ou un
labeur de plusieurs heures, le
bol du miséreux ! Et la vieille
marchande, les oreilles emmi-
touflées pour se soustraire à
la fraîcheur, se réchauffe les mains contre
son poêle. Tableau bien parisien ! Nul ne
pense à causer, car tout le monde a faim,
et la cloche de la *Criée* va bientôt sonner.

Figurez-vous un grouillement continu, le

cri perçant des commissaires-priseurs, le
va-et-vient perpétuel des acheteurs, le choc
des marchandises sur le plateau des bascules,
le grésillement des camions sur la chaussée.
« Vendu. — A combien ? — Trop tard ! —
Le cours est hors de prix. — Et puis, vous
ne verrez pas souvent d'aussi beaux produits,
c'est pour rien ! Vingt pistoles. — Je te
reprends ton lot pour quinze pièces. —
Chameau ! » Concerts prodigieux, où se
choquent toutes les convoitises, où le génie
du commerce dresse son piédestal. Foire
éternellement vivante, insaisissable, tant
elle a de mouvement, de couleur et de vie.

Non moins houleuse, unique en son
genre, est cette *assemblée* de la rue du
Croissant, que le *camelot* occupe en maître.
L'estomac de Paris se nourrit aux Halles ;
la pensée de la capitale s'approvisionne au
Marché des Journaux.

Elle a cent mètres au plus cette courte
rue du Croissant. Ses chevaux n'y ont que
deux pattes, et pourtant ils encombrent
trottoir et chaussée. Les machines Marinoni
halettent, projetant sur le papier blanc des
flots d'idées. L'aube point à l'horizon. Les
camelots sont là, soufflant sur leurs doigts,
s'il fait froid. « Tu paies un *pompier ?* » Ici,
ce sont les pompiers qui sont chargés d'atti-

ser le feu intérieur. « Non, mais, dit l'autre à un *copain*, as-tu entendu Émile ? Il n'a pas de culot le *micheton ?* » Vient le soir !

Les guichets des vendeurs en gros s'ouvrent. Les *canards* sont sortis des presses qui continuent à ronfler. La rue du Croissant est une forge ! Une poussée formidable entraîne les *crieurs* et les *répartiteurs*. En cinq secs, les feuilles sont comptées. » Qui en veut pour deux francs ? — Fais-tu de moitié, le frère ? » Tel, déjà servi, fait le partage entre les amis cotisés. Puis, comme des moineaux qui s'envolent, les camelots, à toutes jambes, fuient dans toutes les directions en parodiant les vers de Th. Gautier :

« Comme un collier qui s'égrène, ils s'élancent » et l'écho rapporte les clameurs : « Vient de paraître *la Patrie*, journal du soir, dernière édition, cinq centimes ! Demandez *la Patrie*, *le Jour*, dernières nouvelles ! — *Paris-Sport*, résultat 'plet des courses ! »

Ils sont si nombreux qu'ils forment un rempart sur la rue Montmartre. Jouez-vous des coudes pour aborder l'antre, les plus flatteuses paroles vous accueillent, empruntées au catéchisme poissard. Avez-vous bousculé un camelot, un « nom de .... » retentissant vous fait reculer. Le vendeur de journaux ne respecte rien. Il s'intitule pompeusement journaliste, il voyage à l'*œil*, il

regarde avec dédain passer les reporters et
ne fait pas grâce d'un coup de chapeau au
chroniqueur célèbre. Il a beaucoup de ba-
gout ; il parle à tout propos. Au fond, c'est
un bon garçon, gouailleur mais dévoué, qui
se laissera mener par le bout du nez avec
une absinthe. Le camelot ne se range que
pour laisser passer les voitures qui vont aux
gares. Les conducteurs jurent, les piétons
protestent, les crieurs vous adressent des
quolibets. « Faudrait-il à mademoiselle une
avenue du Croissant ? — Non, mais regardez-moi son pan-
talon à carreaux.
C'est-y pour jouer
aux échecs ? » Le
camelot a l'esprit
caustique. Il raffole
du calembour et
farcit sa conversa-
tion d'à-peu-près.
Il s'est instruit au

contact des gazettes qu'il lit, s'il ne les plie
pas, dans sa course journalière.

La rue du Croissant ne s'arrête jamais.
Aux heures de relatif repos, des camions
débarquent les rouleaux, habillés de papier
jaune qui, plus tard, se dévideront en des
milliers d'exemplaires, pâture quotidienne
de la France. Et l'on voit trotter les petits

journaleux pressés, qui viennent d'inter-
viewer les concierges !

Ils sont très égalitaires, et le *gosse* de
treize ans ne cherchera pas à enlever sa
vente au vieux, blanchi dans le métier.

On ne se couche pas plus à cinq heures du
matin qu'à l'époque
de l'apéritif. Quand
l'aurore orange le ciel,
le Bois vous appelle ;
Paris est une nécro-
pole ! Au bois, la na-
ture a déjà revêtu son
peignoir, les oiseaux
modulent leur hymne
de salut à l'aube, les
fleurs distillent leurs
senteurs d'allégresses,

les gazons secouent leur manteau de rosée.
Des noceurs, des élégantes ou des cocottes,
les yeux encerclés de fatigue et de noir, les
cheveux égarés, le masque défait, hagards et
vidés, essaient de puiser dans le réveil des
choses le repos des sens, le calme de la
pensée. Le bâillement des mâchoires répond
au gazouillis des oiselets, et les rires bêtes
s'harmonisent avec les efforts asthmatiques
du Pégase, cicérone de la bande, cependant
que la Cascade redit, à tous et à toutes, le
secret de l'éternelle jeunesse.

Le jardinier rafraichit les allées et les pelouses. Qu'entends-je ? Une trompe de vélo-
cipède déchire les oreilles. Une automobile,
dans un tourbillon de poussière, s'évanouit
dans le bouquet des feuilles vertes.

C'est Paris qui s'éveille ! Comme dans
les contes de Shehérazade, le sommeil est
vaincu. L'éternelle féerie recommence, l'éche-
veau de la Parque va encore une fois se
dérouler !

Table

Table

☆

CHEMINS DE FER D'ORLÉANS

ains de Mer de l'Océan

Billets d'Aller et Retour à Prix Réduits

VALABLES PENDANT 33 JOURS

ndant la saison des Bains de mer, du *Samedi, veille des Rameaux*, 1 *Octobre*, il est délivré des billets aller et retour de toutes classes, .outes les gares du réseau, pour les stations balnéaires ci-après :

r-NAZAIRE,	SAINT-PIERRE-QUIBERON,
.ICHET (Sainte-Marguerite),	QUIBERON,
)UBLAC-LA-BAULE,	LE PALAIS (Belle-Ile-en-Mer),
'OULIGUEN,	LORIENT (Port-Louis, Larmor),
,	QUIMPERLÉ (Pouldu),
CROISIC,	CONCARNEAU (Beg-Meil, Fouesnant),
RANDE,	QUIMPER (Benodet),
.ES (Porto-Navalo, St-Gildas-de-Ruiz',	PONT-L'ABBÉ (Langoz, Loctudy),
JIIARNEL-CARNAC,	DOUARNENEZ,

CHATEAULIN (Pentrey, Crozon, Morgat).

Les billets pris à toute gare du réseau située dans un rayon d'au 1s 250 kilomètres des stations balnéaires ci-dessus comportent une ction de 40 % en 1re classe, de 35 % en 2e classe, et de 30 % en asse sur le double du prix des billets simples.

1 durée de validité de ces billets (33 jours) peut être prolongée d'une leux périodes successives de 30 jours, moyennant le paiement, pour [ue période, d'un supplément égal à 10 % du prix du billet. La ande de prolongation devra être faite et le supplément payé avant)iration de la période pour laquelle la prolongation est demandée.

CHEMINS DE FER
de Paris à Lyon et à la Méditerranée

———— ✕ ————

BAINS DE MER
DE LA MÉDITERRANÉE

———— ✶ ————

Billets d'aller et retour valables 33 jours

———— ✕ ————

1° BILLETS INDIVIDUELS

Il est délivré, du 1er *Juin* au 15 *Septembre* de chaque année, des billets d'aller et retour de Bains de mer de 1re, 2e et 3e classe, à prix réduits, pour les stations balnéaires suivantes :

AGAY, AIGUES-MORTES, ANTIBES, BANDOL, BEAULIEU, CANNES, GOLFE-JUAN-VALLAURIS, HYÈRES, LA CIOTAT, LA SEYNE-TAMARIS-SUR-MER, MENTON, MONACO, MONTE-CARLO, MONTPELLIER, NICE, OLLIOULES-SANARY, SAINT-RAPHAEL-VALESCURE, TOULON ET VILLEFRANCHE-SUR-MER.

Ces billets sont émis dans toutes les gares du réseau P.-L.-M. et doivent comporter un parcours minimum de 300 kilomètres aller et retour. — Prix : Le prix des billets est calculé d'après la distance totale, aller et retour, résultant de l'itinéraire choisi et d'après un barème faisant ressortir des *réductions importantes.*

———— ✕ ————

2° BILLETS COLLECTIFS POUR FAMILLES

Il est également délivré du 15 *Mai* au 15 *Septembre* de chaque année aux familles d'au moins deux personnes des billets d'aller et retour collectifs de Bains de mer, de 1re, 2e et 3e classe à prix très réduits pour les stations balnéaires citées plus haut ainsi que pour Cette et Juan-les-Pins.
Ces billets sont émis dans toutes les gares du réseau P.-L.-M. et doivent comporter un parcours simple minimum de 150 kilomètres. — Le prix s'obtient en ajoutant au prix de deux billets simples (pour la première personne) le prix d'un billet simple pour la deuxième personne, la moitié de ce prix pour la troisième et chacune des suivantes.

Arrêts facultatifs. — Faire la demande de billets 4 jours au moins avant le départ.

CHEMINS DE FER
de Paris à Lyon et à la Méditerranée

———— ✕ ————

XCURSIONS AU MONT-BLANC

Billets pour Chamonix (par Le Fayet-Saint-Gervais)

Des Gares ci-dessous à CHAMONIX	PRIX DES BILLETS			
	ALLER ET RETOUR			
	1re classe	2e classe	3e classe	VALIDITÉ (jours)
	fr. c.	fr. c.	fr. c.	
'ARIS.	124 75	92 10	62 80	15
.YON-PERRACHE	47 95	36 80	26 75	10
ÏENÈVE-EAUX-VIVES	19 75	16 50	13 50	8
AIX-LES-BAINS	28 85	23 »	17 80	8
ANNECY.	22 10	18 15	14 60	8
ÉVIAN-LES BAINS.	25 30	20 45	16 10	8
ÏHONON-LES-BAINS	23 80	19 35	15 40	8

.a validité des billets d'aller et retour peut être prolongée une seule
; d'une période unique égale à la durée primitive, moyennant le
ement d'un supplément de 10 o/o du prix du billet. Les billets d'aller
retour pour Chamonix au départ de Paris et de Lyon permettent aux
'ageurs de passer par Genève.

Bagages. — Il est accordé une franchise de bagages de 30 kilogr. sur
reseau P.-L.-M. et sur les diligences.

———————————————

Relations entre Paris, la Savoie, le Dauphiné

De PARIS aux Gares ci-dessous	BILLETS D'ALLER ET RETOUR			
	1re classe	2e classe	3e classe	VALIDITÉ (jours)
	fr. c.	fr. c.	fr. c.	
AIX-LES-BAINS.	97 70	70 40	45 90	6
CHAMBÉRY	100 05	72 05	47 »	6
MOUTIERS-SALINS	113 »	81 40	53 10	6
ANNECY.	104 45	75 20	49 05	6
PONTCHARRA-S-BRÉDA (Allevard,	103 75	74 75	48 75	6
BRIANÇON.	142 90	102 90	67 10	7
GRENOBLE (URIAGE).	106 30	76 55	49 95	6

CHEMINS DE FER DE L'OUEST

VOYAGES A PRIX RÉDUITS

— ⁎ —

Afin de faciliter les voyages sur son réseau, la Compagnie des Chemins de fer de l'Ouest met à la disposition du public, les billets à *Prix réduits*, dont la nomenclature suit, comportant jusqu'à 50 % de réduction sur les prix du tarif ordinaire :

1° *Billets dits de Bains de Mer*

(Avril à Octobre)

I. — Billets délivrés au départ de Paris, valables selon la distance, 4, 10 et 33 jours ;
II. — Billets délivrés au départ de la Province, valables selon la distance, 3, 4, 10 et 33 jours ;
III. — Billets délivrés au départ des gares des réseaux du Nord, de l'Est, d'Orléans et de l'État, pour les stations balnéaires du réseau de l'Ouest, valables 33 jours.

2° *Billets dits de Voyages circulaires*

(Mai à Octobre)

Billets délivrés au départ de Paris et de la Province, valables UN mois (14 itinéraires différents)

3° *Excursion au Mont-Saint-Michel*

(Avril à Octobre)

Billets délivrés par toutes les gares du réseau, valables selon la distance de 3 à 6 jours

4° *Excursion au Havre*

(Juin à Septembre)

Billets délivrés au départ de Paris et de Rouen (R. D.), donnant droit au trajet en bateau dans un sens entre Rouen et le Havre

5° Excursion à l'Ile de Jersey

Toute l'année, par GRANVILLE et SAINT-MALO — Mai à Octobre, par CARTERET

BILLETS DÉLIVRÉS AU DÉPART DE PARIS ET DE CERTAINES GARES DE LA PROVINCE. valables UN mois

6° Voyage Circulaire en Bretagne

BILLETS CIRCULAIRES DÉLIVRÉS TOUTE L'ANNÉE AVEC BILLETS D'ALLER ET RETOUR
COMPLÉMENTAIRES A PRIX RÉDUITS, PERMETTANT DE REJOINDRE L'ITINÉRAIRE.

ITINÉRAIRE. — *Rennes, Saint-Malo, Dinard, Saint-Brieuc, Guingamp, Lannion, Morlaix, Roscoff, Brest, Quimper, Douarnenez, Pont-l'Abbé, Concarneau, Lorient, Quiberon, Vannes, Savenay, Le Croisic, Guérande, Saint-Nazaire, Pont-Château, Redon, Rennes.*

7° Paris à Londres

PAR ROUEN, DIEPPE et NEWHAVEN, par la gare Saint-Lazare

Deux départs tous les jours et toute l'année (Dimanches et Fêtes compris)

GRANDE ÉCONOMIE

BILLETS SIMPLES VALABLES PENDANT SEPT JOURS		
1re Classe	2e Classe	3e Classe
43 fr. 25	32 fr. »	23 fr. 25

BILLETS D'ALLER ET RETOUR VALABLES UN MOIS		
1re Classe	2e Classe	3e Classe
72 fr. 75	52 fr. 75	41 fr. 50

Pour plus de renseignements demander par lettre au Bureau de la Publicité, 20, rue de Rome, à Paris, les Guides et Livrets détaillés, que la Compagnie envoie franco.

CHEMIN DE FER DU NORD

15 Janvier 1900

Services les plus rapides entre

PARIS, COLOGNE, COBLENCE

ET

FRANCFORT-SUR-MEIN

Les services les plus rapides entre PARIS, COLOGNE, COBLENCE et FRANCFORT-SUR-MEIN, en 1re et 2e classes, sont assurés comme suit :

ALLER			RETOUR		
PARIS-NORD . . dép.	1 50 s.	9 25 s.	Francfort-s.-Mein. dép.	8 25m.	5 48 s.
COLOGNE . . . arr.	11 50 s.	7 51m.	COBLENCE. . . . dép.	11 16m.	8 39 s.
COBLENCE . . . arr.	2 52m.	10 12m.	COLOGNE . . . . dép.	1 45 s.	11 21 s.
Francfort-s-Mein. arr.	7 11m.	mid. 17	PARIS-NORD . . . arr.	11 17 s.	8 22m.

En utilisant le Nord Express 1re et 2e cl. entre *Paris et Liège* et le train de luxe OSTENDE-VIENNE entre LIÈGE et FRANCFORT-SUR-MEIN, le trajet de PARIS-NORD à COBLENCE s'effectue en *9 heures* et celui de PARIS-NORD à FRANCFORT-SUR-MEIN en *11 heures* par les itinéraires indiqués ci-dessous pour l'aller et le retour.

ALLER	Nord-Express 1re 2e cl.	RETOUR	Vienne - Ostende Train de Luxe
PARIS-NORD. . . dép.	1 50 soir	Francfort-s-Mein. dép.	1 » mat.
arr.	7 06 —	COBLENCE. . . . dép.	3 13 —
LIÈGE.	Ostende-Vienne Train de Luxe	COLOGNE . . . . dép.	4 40 —
dép.	7 18 soir	arr.	6 23 —
COLOGNE . . . . arr.	11 »	LIÈGE	1re 2e cl.
COBLENCE . . . . arr.	min. 32	dép.	6 30 mat.
Francfort-s-Mein. arr.	2 43 mat.	PARIS-NORD . . . . arr.	mid. 50

CHEMIN DE FER DU NORD

15 Janvier 1900

PARIS-NORD à LONDRES

Via Calais ou Boulogne

Cinq services rapides quotidiens dans chaque sens

VOIE LA PLUS RAPIDE

Tous les trains comportent des 2e classes

En outre, les trains de l'après-midi et de Malle de nuit partant de Paris-Nord pour Londres à 3 h. 30 soir et 9 h. soir, et de Londres pour Paris-Nord à 2 h. 45 soir et 9 h. soir, prennent les voyageurs munis de billets directs de 3e classe.

PARIS-NORD A LONDRES

	1re 2e cl	1re 2e cl.	1re 2e cl.	1re 2e 3e cl.	1e 2e 3e cl.
PARIS-NORD dép.	(*) (W.R) 9 30 m. viâ Calais	(*) 10 30 m. viâ Boulogne	(*) 11 50 m. viâ Calais	3 30 s. viâ Boulogne	9 » s. viâ Calais
LONDRES. . arr.	4 50 s.	5 50 s.	7 30 s.	11 10 s.	5 30 m.

LONDRES A PARIS-NORD

	1re 2e cl.	1re 2e cl.	1re 2e cl.	1re 2e 3e cl.	1e 2e 3e cl.
LONDRES. . dép.	(*) (W.R) 9 » m. viâ Calais	(*) 10 » m. viâ Boulogne	(*) 11 » m. viâ Calais	2 45 s. viâ Boulogne	9 » s. viâ Calais
PARIS-NORD arr.	4 55 s.	5 50 s.	7 » s.	11 10 s.	5 » m.

(*) Trains composés avec les nouvelles voitures à couloir sur bogies de la Compagnie du Nord, comportant water-closet et lavabo.
(W.R) Wagon-Restaurant entre Paris et Calais et vice-versa.

SERVICES OFFICIELS DE LA POSTE
(Viâ Calais)

La gare de PARIS-NORD, située au centre des affaires, est le point de départ de tous les Grands Express Européens pour l'Angleterre, l'Allemagne, la Russie, la Belgique, la Hollande, l'Italie, les Indes, l'Égypte, l'Espagne, le Portugal, etc., etc.

CHEMIN DE FER

DE

PARIS à ARPAJON

Direction : 78, rue Beaunier, Paris

EMBARCADÈRES :

PLACE MÉDICIS, OBSERVATOIRE, PLACE DENFERT-ROCHEREAU, PORTE D'ORLÉANS

EXCURSIONS

aux environs de Paris et dans la vallée de l'Yvette, l'un des coins les plus séduisants de la banlieue, très couru des citadins. Campagne pittoresque, jolis points de vue.

A VISITER :

Le *Petit-Chambord, Bourg-la-Reine* et ses promenades ombreuses, *Fresnes* et ses superbes prisons, *Chilly, Longjumeau,* immortalisé par le compositeur Adolphe Adam, *Saulx-les-Chartreux,* pittoresquement perché sur le flanc d'un coteau. *Longpont* et son ancienne abbaye, célèbre au Moyen Age. *Montlhéry* (magnifique tour du onzième siècle, vue étendue sur tout le paysage, porte de Linas, etc., etc.) *Marcoussis, Arpajon* et ses halles, etc., etc.

Pour plus amples détails, consulter l'indicateur officiel de la Compagnie.

☆

G. GASCHÉ IMPRIMEUR

PARIS — 110, AVENUE D'ORLÉANS — PARIS

☆

Costumes

Manteaux

Redfern

242, rue de Rivoli, 242

PARIS

Robes de Soirée

Robes de Bal

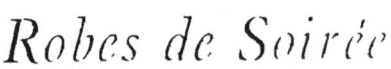 Imp. G. Gasché, 110, Avenue d'Orléans — Paris

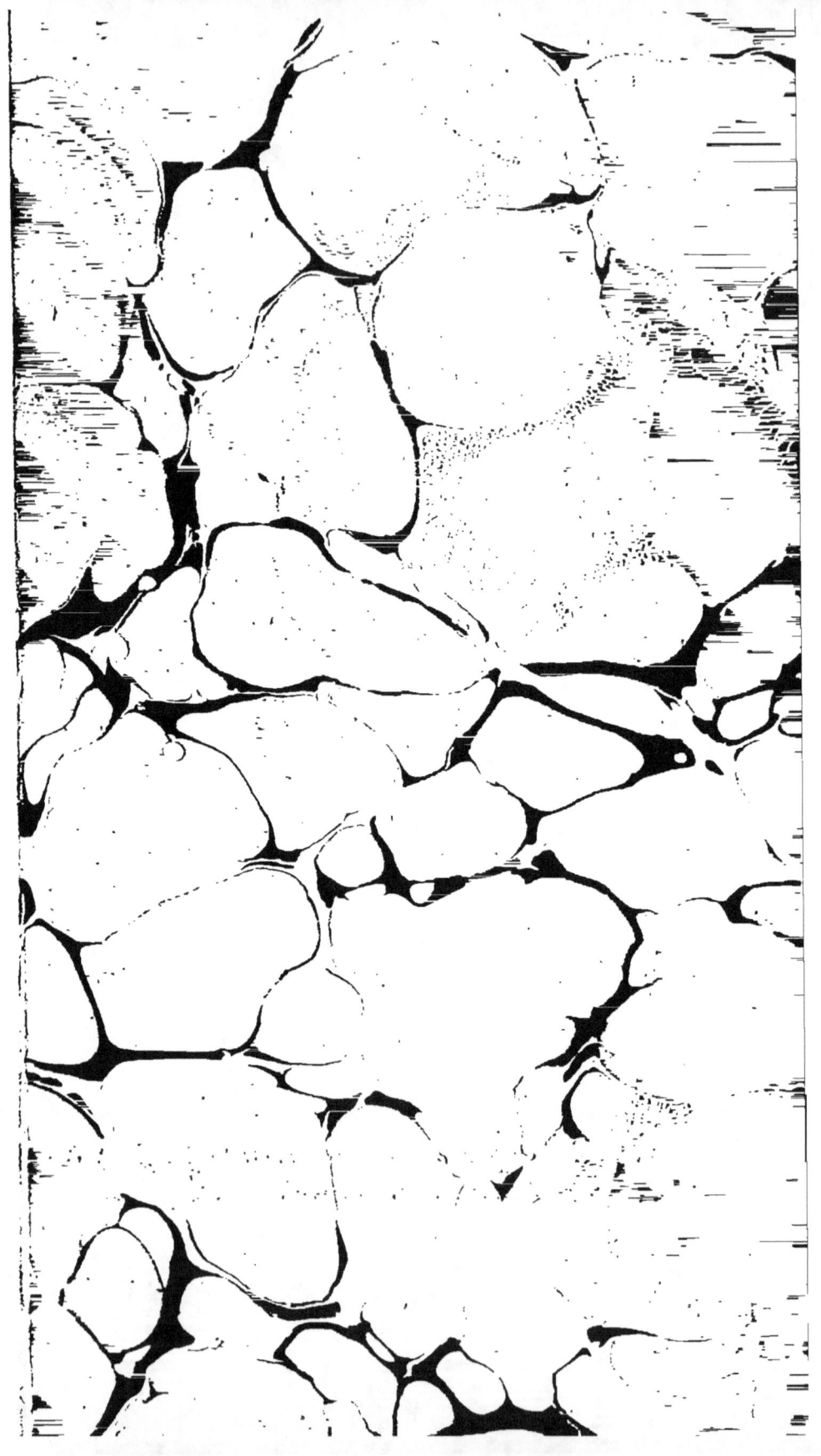

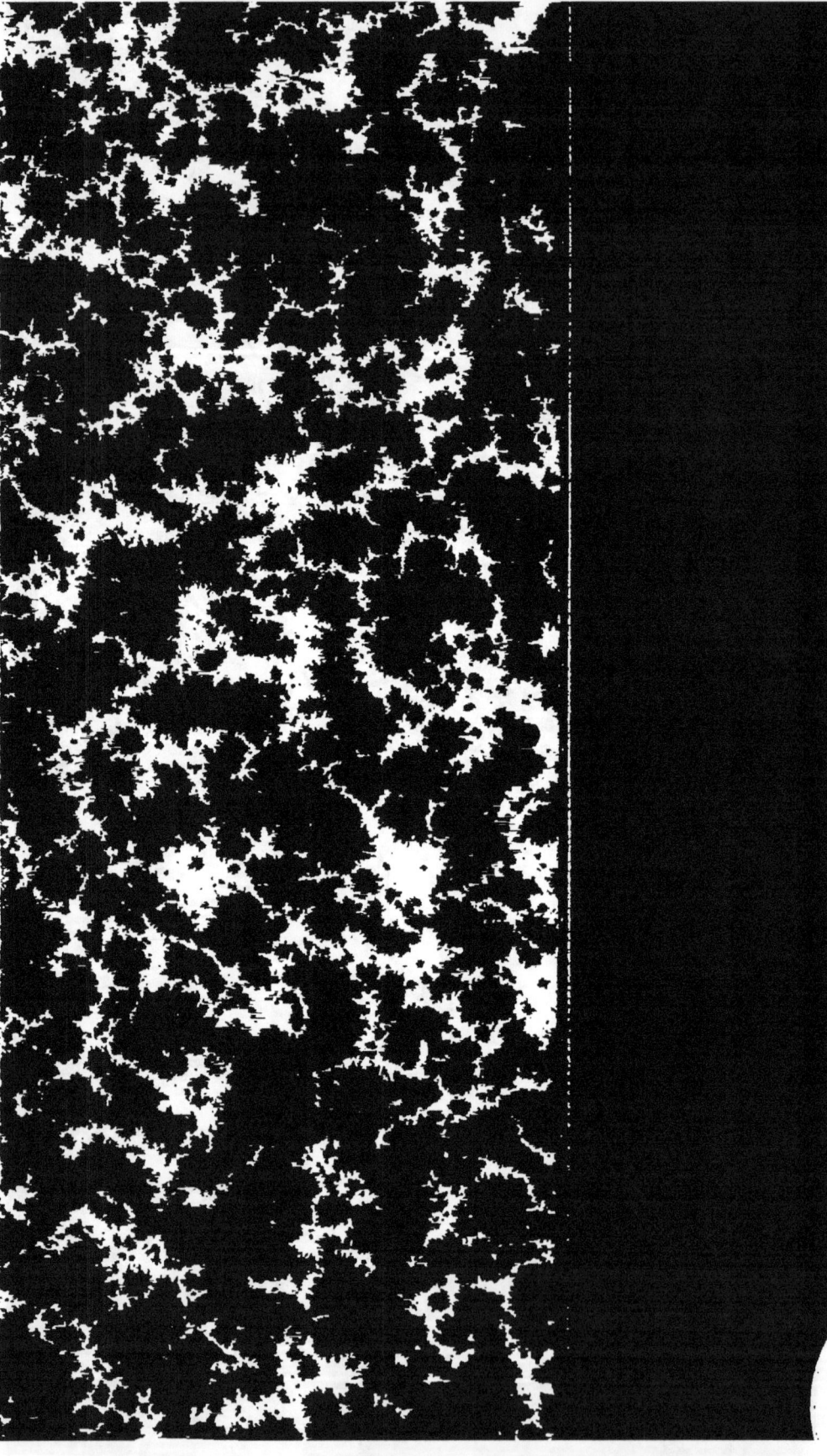